TIERRAS DE TORMENTAS

STEWART BINT

Traducido por

JENNIFER YAEGGY

Publicado en 2021 por Next Chapter

RECONOCIMIENTOS

Gracias a Miika Hammila y el equipo de Creativia.

Un agradecimiento especial a mi esposa Sue, hijo Chris, e hija Charlotte.

Y muchas gracias a mi buen amigo y escritor, la novelista DM Cain, por su entusiasmo y ánimo ilimitado.

Para

Marc Freebrey

PREFACIO

Cae un rayo. Suena un trueno. El olor de ozono queda en el aire.

Y el mundo cambió para siempre.

¿O no? Tal vez el mundo que conocíamos todavía es exactamente igual... *en otro lugar.* ¿Qué si un portal se abrió en el preciso momento en que sonó el trueno y lo atravesamos sin darnos cuenta? Ahora estamos en un mundo diferente en un universo paralelo.

En el abrir y cerrar de ojos fuimos transportados a un mundo que no conocemos. Aunque parece ser el mismo a primera vista, hay unos indicios de que no todo es lo que parece ser cuando se mira más a fondo. Hasta las cosas más ordinarias pueden estar ligeramente fuera de lugar.

Hemos dejado nuestras tierras viejas atrás, dónde las cusas generalmente ocurren por una razón lógica y con un propósito. Ahora residimos en tierras nuevas y extrañas, donde lo impredecible se convierte en lo normal... donde lo completamente ridículo se esconde justo detrás de la tela de realidad.

Bienvenido a las Tierras de Tormentas.

Una colección de 21 cuentos cortos que varían de lo sublime a lo imperdonablemente ridículo, incluyendo El Juicio de Santa Claus, en la cual el jovial hombre vestido de rojo enfrenta cargos de crueldad hacia los niños; El Acosador de Twitter en donde una persona que agrede a las personas de manera cibernética recibe su debido en una manera particularmente grotesca; y "Hola Querida", en la cual el fantasma de una señora mayor se le aparece continuamente a una mujer trabajadora.

Otros incluyen Un Asesinato a Tiempo, donde un hombre intenta todo lo posible para asegurarse de ser condenado de un crimen; El Viento del Fuego, que se centra en un viajero espacial con tres ojos y un tronco de dos pies de largo que encuentra un libro misterioso en un mundo muerto; y Harvey Busca un Amigo, que relata la historia de un joven fantasma que desesperadamente busca alguien con quién jugar.

Y luego tenemos Ree – El Trol de Dingleay, un poema sin sentido escrito con mucha ayuda de los alumnos de la Escuela Primaria de la Comunidad de Huncote, en Leicestershire, Gran Bretaña.

El libro lleva a juico a la humanidad por todas nuestras ofensas, en algunos casos literalmente. Muchos de las historias son un estudio de la naturaleza humana, aun cuando los personajes no son estrictamente humanos, adentrando en temas como la avaricia, lujuria, glotonería y varios otros pecados mortales, con una variedad tremenda de personajes y escenarios.

Stewart Bint, Desford, Leicestershire, sábado 21 de abril de 2018

HOLA, CARIÑO

—Hola, cariño.

Las palabras normalmente la llenaban de una sensación cálida y calmada. Fue así desde la primera vez que escuchó y vio a la señora mayor vestida con una falda a cuadros y suéter gris. El rostro amable y lleno de arrugas era casi can conocido como su propio rostro. Ya habían pasado casi 20 años desde que la mujer empezó a aparecérsele, siempre sonriente.

Era una sonrisa conspiratoria.

«Eso es lo bonito de ser un fantasma» Jenny pensó varias veces durante las visitas frecuentes de la viejita. «Ella nunca envejece».

—Hola, señora —contestó el saludo de la mujer sonriente. Pero esta vez no se sentía tan confiada. Su vida era feliz y completa, entonces, ¿por qué estaba la viejita allí? ¿Habría llegado para prevenirla de algún desastre venidero?

La vida de Jenny había sido tan diferente la primera vez que la vio. Fue solamente seis meses después de que se casara con Malcolm, y ya las cosas habían empezado a ir cuesta abajo.

—Puedes perdonarlo por su amorío —dijo la viejita—. Nunca más lo volverá a hacer, te lo prometo.

—¿Pero cómo puede estar tan segura? —preguntó Jenny.

—Simplemente lo estoy. Confía en mí. —La viejita movió la cabeza suavemente para enfatizar lo dicho y luego lentamente se desvaneció. Jenny se quedó congelada en el mismo sitio. Diez minutos antes estaba pasando la aspiradora agresivamente, jalando y empujándola con fuerza. ¿Cómo pudo Malcolm hacerle eso? ¿Cómo pudo arruinarle la vida así? ¿Acaso no sabía cuánto ella lo amaba? ¿Por qué lo hizo? Y, entre todas las personas del mundo, ¿por qué con *ella*? Su *secretaria*, por Dios.

—Hola, cariño. —Las palabras sonaron justo al lado de su oído, tan calladas pero claramente se escucharon por encima del ruido de la aspiradora y la sorprendieron por completo. Ella estaba sola en la casa. ¿Quién le estaba hablando?

Jenny giró bruscamente y la vio parada a su lado. Una señora de aproximadamente 70 años, su pelo gris peinado hacia atrás en un moño, con una sonrisa dulce en sus labios. Pero no estaba del todo allí. Jenny podía ver el papel tapiz verde con flores de la pared del otro lado del cuarto a través de ella. Jenny tomó una boconada de aire, sorprendida y horrorizada a la vez.

—Hola, cariño —dijo la viejita nuevamente—. Por favor, no te asustes. Vine para ayudarte.

Pero Jenny estaba petrificada, sin poder moverse ni dar voz a sonido alguno.

—¿Q-quién es? —dijo eventualmente, su mente un torbellino de caos incapaz de formar un pensamiento racional. Después de todo, ¿qué tenía de racional la presencia de una mujer de 70 años semitransparente, no del todo real, parada, no flotando, en su sala?

—Por favor no te asustes. No te voy a lastimar.

Nunca se quedaba mucho tiempo, apenas un par de segundos, justo lo suficiente para decirle a Jenny lo que necesitaba saber. Siempre la inclinación de su cabeza de manera gentil, la sonrisa amplia haciéndose más grande mientras se desvanecía. Jenny nunca más tuvo miedo de ella luego del primer encuentro.

Fue durante la segunda visita, casi un año después, que la señora le dijo que la considerara como su ángel guardián. —El camino de tu vida no siempre será fácil y sin tropiezos, mi niña, y aunque estaré aquí para ayudarte, no siempre te puedo decir qué dirección tomar.

—Pero ¿por qué me ayudas así? ¿Quién eres?

La señora ignoró las preguntas. —Estas preguntándote si deberías tomar el puesto nuevo con Harrison Bonham Asociados o quedarte con Sprackleys y aceptar el ascenso que te están ofreciendo.

Jenny movió la cabeza, asintiendo, pero completamente sorprendida. La viejita le pegó al clavo en la cabeza. Jenny llevaba días agonizando sobre la decisión después de informarle a Helen Sprackley que se iba de la pequeña empresa de consultoría en relaciones públicas para trabajar con una empresa rival mucho más grande.

La contraoferta fue entregada con una rapidez impresionante: un incremento salarial del diez por ciento, además de un auto corporativo, una semana extra de vacaciones y un aumento al aporte para su cuenta de jubilación. Claramente era una oferta que no se podía descartar tan fácilmente. Pero Harrison Bonham Asociados era una empresa de consultoría firme y con una reputación maravillosa. De hecho, era de las mejores en la industria. Con ese nombre en su CV, dentro de un par de años estaría en la cima del mundo de las relaciones públicas. Podría trabajar en cualquier consultora en el mundo como director de la junta, tal vez como gerente general. Pero ¿cómo encajaría con sus planes para iniciar una familia?

Allí fue cuando la señora la visitó por tercera vez, para verla felizmente ocupando el puesto de gerente general en Sprackley. Helen Sprackley tomó la decisión de dedicarse exclusivamente a liderar la junta directiva después de que Jenny decidiera quedarse en la empresa.

—Te estás preguntando si tu carrera se puede balancear con empezar y criar una familia. Bueno, sí se puede. Adelante, querida, puedes empezar tu familia como has querido. Es lo correcto, y si no lo haces, te arrepentirás toda la vida de no haberlo hecho.

Con el excelente salario que recibía en la empresa y Malcolm también ganando más que suficiente como un fotógrafo de modas profesional, ella sabía que fácilmente podían pagar los costos asociados a un bebé. Pero ¿cómo se sentiría cuando el bebé naciera? ¿Querría quedarse en casa tiempo completo para cuidarlo? ¿Cuánta importancia tendría para ella su carrera en ese momento? Ciertamente era muy importante en ese momento, pero ¿sería igual de importante en el futuro? ¿Cambiarían sus prioridades?

Y así fue como sucedió la cuarta visita. —Es que no sé qué hacer —comentó Jenny.

—Lo sé, cariño. Lo sé. Es difícil para ti —dijo la mujer—. Estás preocupada, pensando de que si dejas a tu trabajo, te vas a aburrir en casa, y que Gemma solamente ocupará tu tiempo por unos años. Pero siempre puedes regresar a trabajar después, cuando Gemma sea mayor, ya lista para empezar la escuela. Alguien con tu experiencia siempre encontrará dónde trabajar.

La quinta visita, de hecho, fue cuando Gemma estaba por empezar la escuela. Helen Sprackley le ofreció nuevamente el puesto como gerente general ya que el reemplazo de Jenny dejó la empresa para trabajar con Harrison Bonham Asociados. Cosas de la vida, cómo todo se da en el momento indicado, pensó Jenny.

Sin embargo, ella estaba debatiendo si regresar a la empresa o empezar su propio negocio, trabajando medio tiempo desde la casa para poder estar allí cuando Gemma regresara del colegio, por si se enfermaba, para no dejar de ir a las actividades en la escuela como partidos deportivos o presentaciones. La oferta de la gerencia era muy tentadora, pero era un puesto de tiempo completo. Trabajar desde su casa mantendría su mente ocupada, estaría involucrada con el gremio, y le daría cierta independencia financiera al mismo tiempo que podía dedicarle tiempo a su hija cuando ella la necesitara.

Así fue como Jenny dio a luz nuevamente, aunque no a un bebé, sino a Jennifer Radcliffe Comunicaciones.

—Hola, cariño. —La mujer se le apareció el primer día de operaciones de su negocio, sonriendo de manera dulce, y le dijo «Has hecho lo correcto» antes de desaparecer. Nunca una de sus apariciones había sido tan breve.

Después de eso las visitas se detuvieron. Los años volaron. Jenny y Malcolm le dieron de todo a Gemma. Cada seis meses, Malcolm le tomaba fotografías profesionales, y la colección creciente catalogaba su vida, desde los momentos después de nacer a su sonrisa contagiosa y primeros paso, al primer día de la escuela con su uniforme de falda gris, blusa blanca, y suéter rojo, su primer día deportivo cuando ganó la carrera de los 50 metros y, por supuesto, todos sus cumpleaños.

Gemma tenía seis años cuando nació su hermano Dominico. Jenny se preguntó si la viejita se aparecería otra vez cuando ella y Malcolm estaban discutiendo si tener otro hijo o no. Ambos sabían que si iban a tener otro hijo tenía que ser ya, antes de que ellos y Gemma fueran más grandes. Después de todo, el reloj biológico de Jenny seguía su conteo. Ella ya tenía 35 y Malcolm 41.

Pero no se apareció. Jenny empezó a preocuparse. Todas las decisiones grandes de su vida fueron influenciadas por la presencia y las palabras reconfortantes de la viejita. Malcolm pensaba que ella era muy buena tomando decisiones, pero ahora se daba cuenta de lo que le estaba costando tomar una decisión.

Sin embargo, él sabía que no la debía presionar. Si le ponía demasiada presión para que decidiera, ella se ponía terca y no le hablaba durante días. Eventualmente sí tomó la decisión, y Dominica fue el resultado.

A lo largo de los años ella quiso contarle a Malcolm acerca de su muy bienvenida visita sobrenatural, su ángel guardián, pero él no creía en fantasmas. Después de todo, se dijo ella misma, era su secreto, un secreto entre ella y la anciana, quienquiera que fuera. Por ende nunca le contó.

A menudo se preguntaba si algún día escucharía esas palabras familiares de nuevo. Habían pasado 20 años desde la primera vez que las escuchó, y 10 años desde la última aparición.

Un escalofría de placer recorrió su espalda cuando se giró de estar frente a la computadora para ver la cara conocida sonriéndole nuevamente.

—Hola, cariño —respondió, usando el saludo de la anciana, sin poder controlar la sensación de placer intenso que recorrió su cuerpo antes de cambiar a una sensación de duda.

—No te preocupes cariño —contestó la anciana. Qué extraño. Era como si la anciana estuviera leyendo los pensamientos de Jenny, preguntándose qué nuevo desastre vendría a su vida—. No nos veremos por un largo tiempo, y no quería que me olvidaras. Eso es todo.

Se le llenaron los ojos de lágrimas. —Claro que no te olvidaré —dijo, casi sollozando—. Me has ayudado tanto.

La sonrisa de la anciana se hizo más grande, y la viejita desapareció.

Y así pasaron los años. Gemma y Dominico crecieron y

formaron sus propias familias, dándole a Malcolm y Jenny un montón de nietos amados. La empresa de relaciones públicas de Jenny también creció a ser de un tamaño respetable, empleando a más de 50 personas. Ella estaba casi jubilada antes de los 55 años, fungiendo ya únicamente como directora de la junta. Y, exactamente como la viejita había predicho, Malcolm nunca más le fue infiel.

Sí, su vida era feliz y completa.

Un día repentinamente escuchó el sonido de la aspiradora que provenía de la sala. Malcolm había salido a hacer un mandado. ¿Quién estaba en la casa con ella? ¿Y pasando la aspiradora?

Su corazón latía fuertemente mientras caminó por el pasillo y abrió la puerta, mirando cuidadosamente hacia el cuarto. Allí vio una jovencita agresivamente pasando la aspiradora sobre la alfombra con movimientos bruscos.

Pero la chica y la aspiradora no eran del todo sólidas, no completamente reales. Jenny podía ver a través de ella el papel tapiz y moldura de dado que recientemente instalaron.

Y la chica estaba *flotando.*

De repente Jenny entendió. Ahora sabía por qué el rostro de la anciana siempre le pareció tan conocida, desde la primera vez que la vio.

Caminó hacia la chica, el sonido de la aspiradora enmascarando el sonido de sus pies mientras caminaba.

—Hola, cariño —dijo.

EL JUICIO DE SANTA CLAUS

Yo siempre pensé que Santa Claus era un viejo amable que amaba a los niños, por eso fue tan sorprendente enterarme de que iba a ser enjuiciado. Y el delito del que lo acusaban hizo que la mandíbula se me cayera de la sorpresa: crueldad hacia los niños. ¿Quién lo hubiera pensado?

Recordando 12 meses atrás al día asombroso cuando me encontraba sentado en el juicio de Santa Claus, puedo ver todo tan claramente como si fuera ayer. Supongo que nunca en realidad sabré exactamente cómo paso. Solo sé que ocurrió.

Soy reportero para un periódico en un pequeño pueblo inglés, luchando para abrirme paso por el mundo, y uno de mis trabajos regulares es reportar sobre los juicios locales. Los magistrados tienen audiencia los jueves en la alcaldía, repartiendo justicia a ladrones, villanos, y otros canallas variados.

Este día en particular los magistrados y yo estábamos luchando por mantenernos despiertos. Los casos eran aburridos, los acusados daban excusas aburridas, y hasta los oficiales de la corte se miraban aburridos.

El magistrado principal, la Sra. Eleonora McHarris, miraba por encima de sus anteojos lujosos hacia el acusado más reciente cuando su cuerpo entero empezó a moverse de un lado a otro. Me quedé mirándola, totalmente fascinado.

Su pelo claro con leves tintes azules azotaba alrededor de su cabeza como si estuviera en medio de una tormenta. La parte superior e inferior de su cara estaban jalados hacia la izquierda mientras que el centro, donde estaban su nariz y mejillas, estaba jalado hacia la derecha.

Sentí ganas de gritar pero me detuve justo a tiempo. La Sra. McHarris era un demonio si hacías ruido en su corte. Miré hacia los demás, pero al parecer no podían ver nada extraño. El asistente jurídico seguía hablando con su voz monótona, leyendo el listado de crímenes del acusado. El fiscal estaba ansioso de que fuera su turno para poder presentar su caso en contra del acusado. Nadie notó que la Sra. McHarris se estaba desmoronando.

Lo de la Sra. McHarris no era lo único raro. Un tipo raro de niebla gris-blanca empezó a moverse ante mis ojos. Solo Dios sabe de dónde salió. Apareció de repente. Por unos segundos bloqueó la Sra. Harris y el resto de la corte de mi vista, pero aún podía escuchar al asistente jurídico, quien todavía seguía hablando. No podía entender lo que decía, pero el sonido de su voz penetraba la niebla como una bocina de niebla.

La normalidad regresó en el siguiente instante. O al menos eso pensé.

Seguía viendo la niebla que se movía a mi alrededor, pero al menos y podía enfocar la vista. Miraba a través de una ventana cómo caía la nieve, dejando una capa gruesa en el suelo afuera.

Miré hacia la Sra. McHarris. La normalidad desapareció nuevamente. Ya no se movía de lado a lado, pero se miraba diferente. Pestañé. Bien. Debo estar alucinando, pensé, mientras mi mente comprendía lo que estaba viendo. Con razón se veía diferente. La mayoría de su pelo ahora estaba cubierto por un gorro puntiagudo de color negro, con solo unos mechones que colgaban hasta sus hombros.

Su chaqueta austera de tweed había desaparecido. En su lugar tenía puesta una chalina negra con franja negra que la envolvía, y sus lentes lujosos se habían alargado y tenían una curva en cada punta, dando la impresión de un murciélago.

La única cosa que permanecía igual era que aún miraba por encima de sus anteojos que estaban sentados precariamente en la punta de su nariz. Aunque su nariz... ¿era más larga que antes, no?

Y cuando ella habló, pues, ya no se escuchó el acento educado y altanero. Las palabras salieron como cascada de su boca con un lloriqueo agudo, similar a un graznido. Me di cuenta inmediatamente que algo estaba exageradamente mal. Como verán, soy muy observador. Sí, todo estaba mal. El asistente jurídico debería estar diciendo esas cosas, no el magistrado principal.

—Ya escuchó los crímenes de los que se le acusan, Santa Claus. ¿Cómo se declara, inocente o culpable?

La respuesta inmediata desde el banquillo de los acusados parecía retumbar en el salón. —Pues, inocente, por supuesto Madame.

Ahora, esa voz ni por un segundo podía haber salido del joven debilucho que estaba parado allí hace un par de segundos. Esa voz tenía tonos graves y profundos. Era la voz de un señor jovial, sea un adulto mayor o incluso alguien viejo.

Un momento. Ella dijo Santa Claus. ¿Qué rayos estaba sucediendo?

Quité la mirada de la vieja bruja (al menos más vieja y fea) en la que se había convertido la Sra. McHarris y miré hacia el banquillo de los acusados. Ya no estaba parado allí el debilucho acusado de un crimen insignificante. En su lugar estaba parado un hombre con miles de arrugas causadas por la risa alrededor de sus ojos. La parte inferior de su rostro estaba cubierto por una espesa barba blanca. Medía aproximadamente un metro ochenta y cinco, y una túnica roja cubría su amplio abdomen. Pelo blanco fluía por debajo de su gorro rojo hasta llegar a sus hombros.

¡Santa Claus! ¿Cómo diablos llegó a estar allí?

Me di por vencido intentar descifrar lo que sucedió. Pude haber especulado todo el día y aun así estar a un millón de kilómetros de la verdad. ¡Allí! Había perdido algunos de los procedimientos de la corte por estar mi mente divagando. El fiscal se estaba parando, listo para presentar sus argumentos a la Sra. McHarris.

—Madame —escuché que decía—, Santa Claus ha negado los cargos en su contra, principalmente la crueldad hacia los niños. Ahora procederé a demostrar por qué Santa Claus es culpable de lo acusado.

Al menos el fiscal se miraba igual, pensé. ¿O no? Había visto al viejo Chatstock en acción en este tribunal muchas veces, vestido inmaculadamente en un traje oscuro sombrío, pero ahora el traje se veía un poco andrajoso y gastado. El hombre parecía estar un poco encorvado cuando normalmente se paraba derecho cuando empezaba a exponer su caso.

La Sra. McHarris hizo un movimiento irritado con su mano que parecía garra. —Sí, sí, adelante, Sr. Chatstock.

El tosió a manera de disculparse. —Llamo a la testigo Srta. Anna McGuigan.

La Srta. Anna McGuigan fue llamada y tomó su lugar en el estrado de los testigos.

Mientras pasaban las formalidades donde ella juraba decir la verdad, toda la verdad, y nada más que la verdad, me quedé observándola, intentando recordar dónde la había visto antes.

Pr supuesto, fue en este mismo salón hace unos meses. Como dije, soy muy observador.

Ella era trabajadora social y fue parte de un caso de crueldad contra menores. Ella parecía tener más o menos treinta y cinco años y su rostro severo le daba una apariencia general altanera. Al igual que la Sra. McHarris y el viejo Chatstock, su apariencia también había cambiado. Su nariz larga y delgada era más larga y delgada de lo que yo recordaba, y los labios delgados y apretados indicaban dónde su boca yacía sobre su mentón puntiagudo.

—Srta. McGuigan —decía el viejo Chatstock—, ¿puede indicarle a la corte en sus propias palabras el efecto que las acciones de Santa Claus han tenido en los niños?

Miró a Santa Claus con una expresión amenazante en sus ojos grises. —Con placer. Rompió mi corazón ver a esos pobres niños llorando de esa manera. Este hombre ha destruido por completo el espíritu de la navidad. Nunca más podrá ser igual mientras que él esté libre, llevando miseria y dolor cuando debería ser la causa de alegría y felicidad.

—Sí, sí, de acuerdo, Srta. McGuigan. Pero puede decirle a la corte exactamente ¿qué es lo que se supone que ha hecho?

—¿*Se supone* que ha hecho? —Parecía escupir las palabras con desdén, especialmente las primeras—. No se supone. Él lo hizo, Fue él quien bajó por todas esas chimeneas la noche de navidad, y nadie más.

No tardaría mucho antes de que la Sra. McHarris diera su opinión, pensé. Y no me equivoqué. Soy inteligente así, ¿ven?

—No hay ley alguna que yo sepa que prohíba que Santa Claus baje por las chimeneas en la noche de Navidad —comentó.

El viejo Chatstock giró para poder dirigirse a ella. —Estoy seguro de que no, Madame, pero le pido que perdone a la Srta. McGuigan por su actuación fuera de carácter. Es solo que ella ha visto de primera mano los resultados de las acciones de Santa Claus y tiene sentimientos fuertes acerca de eso.

Le habló nuevamente a su testigo. —Srta. McGuigan, realmente debe intentar no hacer comentarios o dar opiniones acerca de lo ocurrido. Simplemente relate los hechos, por favor.

Ella hizo un puchero de disgusto. —Está bien. Es solo que me enoja tantísimo lo que él ha hecho. —La Srta. McGuigan continuó con la respuesta antes de que el magistrado o su abogado la pudieran regañar nuevamente—. La felicidad en los niños en la mañana de Navidad ha sido muy limitada durante los últimos años. Han abierto los regalos que les lleva Santa y sus ojos se llenan con alegría y asombro. Eso es algo que he visto innumerables veces en mi trabajo. El regalo es nuevo y brillante y por supuesto que lo aman.

—Pero cuando se juntan con sus amigos y comparan los regalos, cada uno siente que los regalos de sus compañeros son mejores que los propios. Empiezan a preguntarse cuánto costaron, y se sienten descontentos. Ese sentimiento rápidamente se convierte en celos tremendos, y en muy poco tiempo su inocencia se transforma en odio y resentimiento porque no recibieron un regalo más grande y mejor. Si eso no es crueldad hacia los pobres niños, entonces no sé qué podría ser.

La Srta. McGuigan continuó de la misma manera por otra media hora, y luego la siguieron una sucesión de niños a quienes se les preguntó qué significaba la Navidad para ellos.

Y las respuestas que dieron, pues...

—Quiere decir que recibo regalos.

—Me dan mucho de comer.

—Creo que es por un viejo que murió y recordamos el día que murió.

—Me gustan los chocolates.

—Papá se emborracha y Mamá llora.

—Significa que me dan una computadora nueva. La

computadora que me trajo Santa este año no es tan buena como la de Robin. Quiero una mejor.

—Es el cumpleaños de Santa, pero en lugar de darle regalos a él, él nos da regalos a nosotros.

—Los regalos de Billy siempre son más caros que los míos. Por eso me gusta romper sus juguetes cuando me deja jugar con ellos.

Como periodista me he vuelto duro y cínico en cuanto a las estupideces que la gente dice en un juzgado, pero cuando Santa empezó a defenderse, fue casi imposible no llorar.

—Madame —dijo, su fuerte voz haciendo eco alrededor del cuarto—, no puedo negar que mucho de lo que ha dicho el fiscal y sus testigos es cierto. El espíritu Navideño, el verdadero significado, se ha perdido. Algunos niños se sienten amargados y celosos cuando ven un juguete que piensan es mejor o más costoso que el de ellos, y eso ciertamente le roba su inocencia a una edad dolorosamente temprana. Sí, estoy de acuerdo que eso está mal. Pero no me pueden culpar a mí por eso. El progreso de la Humanidad a través del tiempo se ha ennegrecido. Mientras más avanza, más obtiene, y más quiere. —Santa sacudió su cabeza con tristeza.

Yo sé que si me hallan culpable, pasaré tiempo en prisión, pero eso no es la razón de mi defensa y el rechazo total de las acusaciones en mi contra. Madame, le abro mi corazón y comparto los sentimientos y pensamientos que he guardado por mucho tiempo. Pero no fue hasta que me arrestaron que me di cuenta realmente qué tan mal estaba la situación y cuánto ha cambiado el mundo en unas pocas décadas.

—¿Qué sucedió con las Navidades idílicas cuando las familias iban juntos a la iglesia, y que era un día de regocijo porque nuestro Salvador bajó a la tierra ese día hace dos mil años? Él vino a salvar al mundo, a enseñarnos el camino hacia adelante. Si en algún momento fuera bueno que regresara, ahora es el tiempo, ya que la Humanidad se ha desviado del camino que Él nos mostró. El viaje se ha atiborrado de posesiones materiales que las personas prefieren en lugar de las enseñanzas simples de nuestro Señor.

»Han permitido que la avaricia les nuble las vidas y han perdido de vista el camino a seguir. Comen de más en la comodidad de sus casas cuando otros mueren de hambre. Tienen camas cálidas y confortables cuando otros tiemblan de frio. No hay compasión en el mundo. Todos buscan algo mejor, más grande, porque están convencidos de que el pasto es más verde del otro lado de la verja.

»No me pueden culpar a mí de eso. Si hay alguien que está siendo cruel con los niños, son sus padres, por darles tanas posesiones materiales y nada de amor y espiritualidad. Los niños crecen sabiendo que se les da de todo y no aprecian ni los valores materiales ni los espirituales.

Fue en ese momento que el viejo Chatstock finalmente pudo hacer un comentario. Era obvio que llevaba unos minutos queriendo decir algo. —Pero si ese es el caso, ¿por qué continúa visitando a los niños año tras año? ¿No sería mejor ignorar al mundo durante un tiempo?

Santa sacudió su cabeza blanca en negación, una sonrisa triste en sus labios. —No, no podría hacer eso. Siempre he visitado a los niños durante Noche Buena y la mañana de Navidad, y no veo razón para cambiar eso ahora. Si la Humanidad quiere viajar por este camino en particular, ¿quién soy yo para decir no? Pero recuerden esto: el espíritu de la Navidad todavía está allí para los que quieren buscarlo. Por eso, si fallan a mi favor, la Navidad seguirá llegando al mundo todos los años, a pesar del camino autodestructivo que recorre una minoría. También piensen en esto: ¿podrá sobrevivir el mundo si ya no se celebra el nacimiento de su salvador? Yo les digo que no. El mundo es lo que la gente lo ha hecho, y la gente es lo que el mundo los ha convertido.

Dejó de hablar y se sentó.

La Sra. McHarris se puso de pie. —Si eso es todo lo que quiere decirle a la corte, Santa Claus, entonces nos retiraremos para considerar el veredicto.

Ahora, no era la primera vez que me quedara dormido unos momentos mientras los magistrados deliberaban y tomaban su decisión. Desperté sobresaltado cuando la Sra. McHarris golpeó su mazo bruscamente contra el bloque. Por un par de segundos me quedé mirándola con asombro. Su gorro puntiagudo había desaparecido, al igual que la chalina negra. Nuevamente tenía puesto su chaqueta de tweed.

Y Santa tampoco estaba. Nuevamente en su lugar estaba el debilucho. Me tomó unos segundos más procesar lo sucedido, y luego me reí hacia mi interior. Al parecer no iba a escuchar el veredicto en el caso contra Santa Claus después de todo.

Durante los siguientes días intenté descifrar exactamente qué fue lo que ocurrió in esa sala del juzgado y cuál podría ser el veredicto. Por lo general soy muy buen al predecir lo que decidirán los magistrados, pero en este caso no tenía la menor idea.

Santa dijo que iría a la prisión si lo declaraban culpable, y eso ni pensarlo. Solo imagínense todas las caritas decepcionadas que habrá si él no los llegaba a visitar a tiempo.

Pero cuando amaneció el día de Navidad se acabaron mis penas. Santa llegó como normal, y hasta donde sé, visitó a todos. Supongo que lo declararon inocente. ¿Qué fue lo que dijo? Ah, sí: « Pero recuerden esto: el espíritu de la Navidad todavía está allí para los que quieren buscarlo. Por eso, si fallan a mi favor, la Navidad seguirá llegando al mundo todos los años, a pesar del camino autodestructivo que recorre una minoría. También piensen en esto: ¿podrá sobrevivir el mundo si ya no se celebra el nacimiento de su salvador? Yo les digo que no.»

Yo creo que eso lo resume todo, ¿cierto?

Oh, y por si acaso piensan que todo fue un sueño, no, no, no. Todavía conservo las notas en taquigrafía que tomé el día que estuve presente para el juicio de Santa Claus.

EL CUARTO DESEO

Las facciones horribles de Reginaldo Todd eran aún más grotescas reflejadas en el metal convexo de la lámpara oriental. Su nariz roja y bulbosa parecía medir como 10 centímetros de ancho, pero al menos sus ojos pequeños de comadreja, normalmente demasiado juntos, parecían estar ubicados a una distancia más aceptable. Se podían ver los dientes amarillentos y desalineados entre sus labios gruesos mientras sonreía al mirar la lámpara que sostenía en sus manos.

—Bueno, ¿qué les parece? —dijo en voz baja. Habían pasado solo unos minutes desde que su detector de metales descubrió la vieja lámpara oxidada en una cuneta, pero su mente ávara ya estaba pensando en cuánto dinero podría recibir al venderla—. Un anticuario o tal vez un chatarrero me puedan dar algo por ti.

Suavemente empezó a frotar la lámpara para quitarle algo de suciedad y poder ver su reflejo mejor, lentamente incrementando la presión que hacía con su dedo. Repentinamente un poco de humo salió de la boca de la lámpara, el cual empezó a hacerse más espeso y solidificarse ante sus ojos asombrados.

Con un grito de sorpresa soltó la lámpara como si lo hubiese quemado, pero el humo continuó saliendo a borbotones, y dentro de pocos segundos una niebla espesa tomó la forma de un hombre adulto.

Todd trastabilló mientras se trataba de alejar, mirando fijamente a la figura alta con piel oscura, vestido con una bata dorada resplandeciente y un Fez rojo. Los brazos del personaje estaban cruzados sobre su pecho y le hizo una reverencia antes de pararse y mirar a Todd directamente a los ojos. Dientes blancos como el marfil destallaban entre una barba oscura como la noche cuando sonrió y luego habló.

—Saludos, amo. ¿Cuál es su deseo?

Todd sacudió su cabeza sin entender lo que sucedía. —¿Quién es usted? —preguntó eventualmente.

—Soy el Genio de la Lámpara —contestó el hombre—. He venido a concederle tres deseos. Debo obedecer al dueño de la lámpara.

La mente de Todd daba vueltas. ¡Un genio le iba a conceder sus deseos! Era algo que nunca imaginó ni en sus sueños. —¿Qué me puede dar?

—Pues, amo... lo que sea que su corazón desee.

Todd empezó a pensar en las posibilidades. El genio habló nuevamente. —No hay apuro, amo. Puede tomar su tiempo si así lo desea y pensar en cómo sacar el mayor provecho de sus deseos.

—No —dijo Todd, llegando a una decisión inmediata. Él sabía exactamente lo que quería, así que ¿por qué esperar?— Quiero dinero, una fortuna increíble. Deme una mansión de 40 habitaciones y cien millones de libras en el banco.

Casi ni tuvo tiempo de terminar de hablar cuando retumbó un trueno y el mundo se oscureció. Un par de segundos después volvió la luz y Todd se encontró frente a una de las casas más impresionantes que jamás había visto. Una escalera de mármol subía a una puerta de roble, con ventanales que se extendían a ambos lados.

—¡Soy rico! ¡Soy rico! —gritó, sus ojos pequeños deslumbrados ante la gloria de su nuevo hogar. Luego pensó en su rostro horrendo y cómo la gente reaccionaba de mala manera sin importar a dónde él fuera—. ¿Puede cambiar mi apariencia?

El genio asintió en silencio. Instantáneamente Todd supo cuál sería su segundo deseo. —Quiero que me transforme en el hombre más apuesto del mundo —ordenó.

Sonó otro trueno y Todd sintió que daba vueltas en una oscuridad infinita. Un dolor tremendo lo asaltó mientras que su rostro se reamoldaba bajo el toque de manos ardientes. La agonía era tan intensa que no pudo contener un grito de dolor antes de darse cuenta de que todo había terminado. Nuevamente estaba parado en la entrada a su mansión, y aparte de un cierto cosquilleo en sus mejías, parecía que nada había pasado.

—¿Y? —demandó del genio—. ¿Qué pasó?

Como respuesta el genio apareció un espejo de la nada. Todd se lo arrebató y se quedó mirándolo fijamente, sorprendido al ver la cara de Adonis perfectamente formada que se reflejaba allí, observándolo con ojos azules intensos encima de pómulos prominentes. Miró con asombro la nariz ligeramente aguileña que era considerablemente más pequeña que la que antes sobresalía del rostro desastroso que hubiera visto allí hace pocos segundos.

Al abrir sus labios carnosos y sensuales, reveló una dentadura blanca y brillante. Su sonrisa era deslumbrante. En lugar del cabello ralo, desgreñado y castaño apagado que tenía antes, una abundante cabellera rubia adornaba la escultura de perfección masculina que ahora veía en el espejo.

—Excelente —musitó, tocando su rostro nuevo. Luego

frunció el ceño, las arrugas surcando su frente—. Pero no me durará para siempre, ¿cierto? —pensó en voz alta. Luego, con enojo, se dirigió al genio nuevamente—. Me ha dado todo esto, pero no durará para siempre. Me haré viejo, ya no seré guapo, y eventualmente moriré. ¿Entonces de qué me servirá el dinero? A menos que... sí, ya lo sé. Mi tercer deseo es ser inmortal, vivir para siempre, sin envejecer a partir de ahora.

Una vez más la oscuridad descendió durante unos segundos, acompañada del sonido ensordecedor de un trueno. Todd sintió un escalofrío recorrer su cuerpo al momento que las fuerzas del genio trabajaban en sus moléculas y ADN, congelándolos en un estado permanente de eterna juventud.

Pero aun así Todd no estaba satisfecho. —No tengo control sobre las personas —se quejó—. No tengo poder real. No tengo manera de hacer que ellas hagan lo que yo quiero.

Se pegó en la frente con su mano en un gesto algo dramático. —¡Eso es lo que debí haber hecho! Pedir el poder absoluto. Mira el poder que usted tiene. Yo no tengo poder para nada, pero usted puede controlar a las personas. Podría controlar al mundo entero con la fuerza que tiene. Yo seré inmortal ahora y adinerado, pero no tengo poder sobre las personas. Eso es lo que realmente quiero.

»Quisiera poder ser un genio y tener el poder para...

Un cuarto trueno interrumpió el monólogo de Todd, y cuando volvió en sí se encontró sentado en un espacio confinado mientras un rostro enorme lo observaba a través de un agujero en el techo de donde fuera que repentinamente se encontraba.

Con un sobresalto se dio cuenta de que era el rostro sonriente del genio que lo observaba.

—Nada me ha dado más placer que concederle un deseo más, amo. Ahora yo tengo su riqueza y juventud eterna en la tierra y usted, Reginaldo Todd, tiene mi vida como genio, tal como lo deseó.

Se agachó para recoger la lámpara y le puso la tapa encima, encerrando a Todd adentro. Luego la tiró con todas sus fuerzas de regreso a la cuneta de donde la habían sacado.

—Yo esperé en esa lámpara durante mil años. Espero que usted no tenga que esperar tanto tiempo para demostrar sus nuevos poderes.

LA COSA QUE CRECÍA

La Cosa que Crecía creció un poco más mientras andaba entre los arbustos cercanos a un grupo de niños que jugaban, felizmente ignorantes de su existencia.

El sol pegaba sin piedad como normalmente lo hace in Los Ángeles a mediados de agosto. A la Cosa que Crecía no le gustaba el calor y trató de mantenerse bajo la sombra de los árboles y arbustos donde podía. Descubrió algo de sombra en las montañas de San Gabriel y el bosque nacional Ángeles pero optó por quedarse en el parque Griffith donde había una fuente de alimentación un poco más abundante.

Si había un vicio del cual sufría la Cosa que Crecía, era la avaricia. Le gustaba su comida y debido al calor era necesario que consumiera sus bocadillos favoritos con más frecuencia. El sol por lo general la secaba y la volvía más lenta, quitándole energía. Necesitaba más comida para mantener sus fuerzas. Los jugos gástricos fluían adentro de su cuerpo viscoso y resbaladizo, anticipando la comida. El singular ojo rojo encima de la masa gelatinosa estaba enfocado de manera malévola en la víctima que perseguía.

Un grito de placer intenso, a una frecuencia mucho más alta que lo que podían escuchar los humanos, escapó de sus labios mojados con baba.

Sin embargo, el perro de los niños lo escucho, y se detuvo de inmediato. Soltó el palo que llevaba en la boca y se quedó viendo a los arbustos. Se agachó como si quisiera saltar encima de un enemigo. La Cosa que Crecía aulló nuevamente, una invitación para que el perro fuera a buscarla.

—Corky, regresa —gritó Virginia Vesey. Pero si el perro escuchó a la niña, no le hizo caso. Se acercó hasta quedar unos metros frente a los arbustos, ladrando bulliciosamente. Para La Cosa que Crecía la frecuencia de los ladridos del perro era demasiado baja y vibraba a través de cada fibra de su ser.

Lo último que Virginia vio de su mascota fue cuando se metió a los arbustos. Con un grito triunfal La Cosa que Crecía se tiró encima de Corky, cubriéndolo por completo. El perro murió casi de inmediato, su cuerpo siendo engullido por La Cosa que Crecía. Los huesos crujieron mientras chupaba el tuétano, y dientes poderosos desgarraban la carne, haciéndola añicos. La Cosa que Crecía tembló en éxtasis, su fuerza retornando inmediatamente. Los músculos en su estómago empezaron a trabajar, moviendo la piel del perro hasta formar una bola. Luego, sin ningún esfuerzo, regurgitó la bola que cayó encima del pasto.

Virginia gateó entre los arbustos en búsqueda de su mascota. Sus ojos se clavaron en la Cosa que Crecía. Un grito silencioso rápidamente subió por su garganta y abrió su boca, pero no pudo hacer ruido. Sin importar cuánto intentaba, no podía proferir sonido alguno.

Si fuera posible que la Cosa que Crecía sonriera, ese

hubiera sido el momento para hacerlo. Habiendo devorado su aperitivo, el plato fuerte llegó justo a tiempo. Desencajó su mandíbula inferior y los labios verdes gomosos se cerraron alrededor del cuerpo tierno y dulce de Virginia.

El poder inundaba La Cosa que Crecía con cada bocado. En los dos minutos que tomó para terminar su comida, creció una pulgada más de alto y de ancho. Disfrutaba tanto la comida viva y suculenta que podía encontrar en este planeta, especialmente los bocadillos jugosos como los que acababa de comer y todavía podía sentir el sabor en su paladar. Eran los mejores, los que debía escoger si había la posibilidad de hacerlo. Había notado como el tiempo afectaba el sabor de la comida, endureciendo la carne, aunque seguía siendo nutritiva.

La Cosa que Crecía era mil veces más grande de lo que había sido cuando se estrelló en este planeta primitivo. Sus papilas gustativas rápidamente se acostumbraron a las delicias cambiantes que necesitaba para sobrevivir, desde los segmentos diminutos de una hoja de pasto hasta pedazos de tierra, gusanos, insectos, pájaros, gatos, y ahora perros y humanos.

Su cerebro intentaba darle sentido y entender los organismos vivos que encontraba en la Tierra, pero decidió que ninguno era muy inteligente, ciertamente no lo suficiente como para sentir dolor de la manera que La Cosa que Crecía entendía y experimentaba el dolor. Por eso no sentía remordimiento, nada que le remordiera la consciencia, al simplemente devorar lo que se le antojara. Estaba perdido en un mundo alienígena, frenéticamente intentando sobrevivir de la mejor manera posible.

Los amigos de Virginia estaban parados al lado de los arbustos, esperando que ella saliera. La Cosa que Crecía sintió cómo aumentaba el pánico entre ellos cuando sus llamadas y gritos seguían sin ser contestados.

Damián, de cuatro años, decidió entrar e investigar. La Cosa que Crecía utilizó un truco que le había sido útil anteriormente. Quedándose completamente quieto y escondido entre el follaje, podía camuflarse si no lo miraban muy de cerca, su cuerpo escamoso de color verde y café desapareciendo como un camaleón.

Damián miró rápidamente por el claro entre los arbustos y ni siquiera vio los restos regurgitados de Virginia y su perro entre la maleza.

—No está aquí —dijo mientras salía, sacudiéndose la tierra y hojas que se le habían quedado pegadas a la ropa—. Corky tampoco.

Elli-May pensó que ella sabía lo que había ocurrido. —De seguro salieron por el otro lado y se están escondiendo, esperando que los busquemos. Vamos a encontrarlos.

Los cinco niños corrieron hacia el otro lado de los arbustos y árboles y se apresuraron a seguir el camino. Pronto sería hora de regresar a casa.

El Sr. Vesey colgó el teléfono, la expresión angustiada de su rostro diciéndole todo a su esposa. —Dos horas y media desde que la vieron. Barbie dice que se metió entre unos arbustos para buscar a Corky y seguramente salió del otro lado.

La Sra. Vesey lloró, su rostro contra el hombro de su esposo. —¿Dónde puede estar?

—No te preocupes. Corky está con ella. Él no va a dejar que algo malo le suceda.

—Felipe, estoy tan preocupada.

—Mira, démosle otra media hora. Si no regresa, entonces avisaremos a la policía.

—Pero ya está oscureciendo, Felipe, y todos sus amigos ya están de regreso en casa. —La voz de Juana empezó a quebrarse—. Algo le pasó. Sé que algo le pasó.

Felipe acarició suavemente el pelo rubio de Juana. —Ella estará bien.

—Llama al teniente Bolderelli, por favor, Felipe. Ahora.

El teniente Bolderelli miraba horrorizado a la espeluznante visión que iluminaba su linterna. —Dios mío todopoderoso, mira eso.

El sargento Leahman miraba, igualmente conmocionado a los pedazos de tela ensangrentada, la piel pálida y flácida, y el cuero cabelludo rubio hechos tres bolitas nítidas. Agarró su estómago y vomitó ruidosamente. Bolderelli sentía ganas de hacer lo mismo.

—Durante todos mis años de policía... —no pudo seguir hablando y solo sacudió su cabeza. No hacía falta decir que nunca había visto algo así para que Leahman entendiera perfectamente lo que quería decir—. Regresa a la patrulla, Leahman. Llama a los forenses para que vengan, y diles que no hablen con los Vesey, al menos hasta que no estemos seguros.

Leahman no creía poder hablar sin volverá vomitar, o peor, así que simplemente asintió con un movimiento de su cabeza antes de huir del claro entre los arbustos en donde la claustrofobia lo estaba empezando a afectar. Tomó varias boconadas enormes de aire una vez estuvo afuera.

Los restos de Virginia Vesey se empacaron delicadamente en tres bolsas plásticas y se llevaron al laboratorio de patología para ser analizados minuciosamente.

Leahman perdió la noción del tiempo sentado en la sala de

espera a unos metros de donde dos de los mejores científicos forenses de la ciudad estaban ocupados usando sus microscopios y agentes químicos para realizar casi todas las pruebas habidas y por haber en los restos patéticos que encontraron. Los seis vasos plásticos vacíos en el papelero al lado del asiento del sargento en un momento estuvieron llenos de café negro fuerte proveniente de la máquina dispensadora e indicaban que su estómago había regresado a la normalidad.

Terminó de leer el periódico por tercera vez antes de mirar la cara de su reloj digital. —¿Cuánto más tardarán? —preguntó en voz baja. Justo en ese momento las puertas abatibles se abrieron—. Dr. Stanton —dijo mientras se paraba para saludar a la figura que entró al cuarto.

El Dr. Stanton era un hombre de casi cincuenta años, y su característica más llamativa era su melena de pelo gris plateado, las ondas, separadas por un camino hacia la derecha, caían casi tres centímetros por debajo del cuello de su camisa. Las malas lenguas decías que el Dr. Stanton cuidaba tanto su pelo para distraer la mirada de las personas y que no se concentraran en su nariz grande y redonda, de la cual él se sentía algo avergonzado.

Se iba quitando la bata blanca mientras salía por la puerta. —Perdón por haberlo hecho esperar, sargento. Es que nunca hemos visto algo así. Por lo menos no desde que estuvimos en bachillerato. —Su tono de voz y la manera rápida en la que habló indicaban que tenía un intelecto agudo y poderoso.

—¿Desde el bachillerato?

Stanton asintió con un movimiento de su cabeza. —En las clases de biología.

Leahman frunció el ceño, y las arrugas sobre su frente eran profundas. —Perdón, doctor, pero no entiendo.

—Búhos —contestó Stanton sin elaborar más.

—¿Búhos?

—Búhos. ¿Qué sabe acerca de ellos?

—Bueno, no mucho en realidad. Solo que salen de noche y duermen durante el día.

—¿Es todo?

—Eh... sí.

—¿Sabrá, por casualidad, qué comen?

—Dr. Stanton, ¿qué tiene que ver esto con Virginia Vesey? ¿Si es Virginia Vesey, o no? O por lo menos lo que queda de ella.

Stanton asintió de nuevo. —Lo que queda de ella es correcto. Lo que fue regurgitado del estómago de algo.

Leahman se estremeció, corriendo peligro de regurgitar algo de su propio estómago. —¿Qué? —preguntó, incrédulo.

Stanton nuevamente movió su cabeza. —Por eso le pregunté qué sabía acerca de los búhos. Cuando un búho termina de comer, sacan todas las partes que no pueden digerir, como la piel y los huesos, en una bolita pequeña y compacta. Pareciera que algo le hizo lo mismo a esa pobre niña.

El sargento se quedó sin palabras. —Pero... pero eso... ¿qué?

—Horroroso, imposible... sí, use la palabra que quiera. Pero ocurrió, y allí está la evidencia. —La mente analítica y calmada de Stanton se reusaba a ser impactada por lo que había visto y descubierto sin importar lo improbable que fuera. Había visto la muerte en diversas formas y no podía darse el lujo de darle rienda suelta a sus emociones—. No hay duda, sargento. El fluido en esos restos es algún tipo de fluido gástrico y definitivamente no es humano. Se la comió un animal... Dios sabe qué tipo de animal... que luego regurgitó lo que usted me trajo en esas bolsas de plástico.

En la estación de policía, el jefe no quería creerlo pero tuvo que aceptar a la fuerza el reporte del Dr. Stanton. Lo habían llamado para que regresara de su casa, y ahora les informaba personalmente a sus oficiales.

—No sabemos de qué se trata —comento algo innecesariamente—. Nuestros científicos piensan que lo que mató a Virginia Vesey ha de ser algún tipo de animal grande. Están haciendo más pruebas en este momento. Todo lo que podemos...

—Pero señor —interrumpió un oficial sentado en medio del salón—, ¿qué cosa podría comerse a un niño de esta manera?

—Cuando dije que no sabemos a qué nos enfrentamos era en serio, Sargento Traceman. No es un león o un tigre o cualquier otro animal que se haya escapado de un circo o del zoológico. Nadie ha reportado ver un animal así que esté merodeando por la ciudad. Como saben, el número de personas extraviadas en la ciudad ha aumentado en un treinta por ciento durante las últimas semanas, pero no se han encontrado más cadáveres de lo normal. Ciertamente nunca habíamos visto algo como los restos de Virginia Vesey.

»Han hecho Dios sabe cuántos ensayos y pruebas en sus restos y no han tenido resultados. Están completamente perplejos. El fluido que encontraron es desconocido para la ciencia. Lo más cercano es el jugo gástrico de un búho, que también regurgita los restos de su comida de una manera similar al que esta criatura lo ha hecho.

—¿Se le ha informado a la prensa, señor?

—No sea estúpido, oficial Schulz. ¿Quiere causar una histeria masiva?

—Pero ¿no cree que se le debería avisar a la población? Siquiera para que estén alertos.

El jefe de policía movió su cabeza en señal de estar de acuerdo con lo dicho. —Sí, creo que se les deberá informar, pero todavía no. Tenemos hasta mañana en la noche para encontrar esta criatura, sea lo que fuera, y matarla. Después de eso no tendremos más opción que dar aviso y tratar de controlar la histeria de todos. También se llamará al ejército para dar su apoyo. Pero hasta entonces, está en nuestras manos. Quiero que encuentren esa cosa y la destruyan. Trabajarán en parejas, y además de sus armas normales, se les entregarán rifles de alto poder.

Señaló al mapa en la pared y le asignó a cada pareja un área de la ciudad. Finalmente giró hacia la puerta trasera del salón y empezó a dirigirse hacia ella. Repentinamente se detuvo y se dirigió a los oficiales de nuevo. —Oh, y damas y caballeros, no creo que esté de más pedirles que tengan cuidado. Y buena suerte a todos.

Afuera en el parque, La Cosa que Crecía se sentía inquieta. Regresó a la escena de su última comida entre los arbustos, y para su consternación, los restos que había regurgitado ya no estaban allí. Era la primera vez que no había enterrado los restos de su comida, y ahora estaba preocupada.

Intentó relajarse bajo la luz de la luna y las estrellas, regulando su respiración para descansar unas horas, pero no pudo dormir. Su ojo rojo miraba a su alrededor, buscando cualquier señal de peligro. Su pupila estaba dilatada al máximo. Ahora que el sol estaba oculto no era necesario que tuviera el ojo entrecerrado para protegerse de la luz brillante. Se sentía a gusto en la oscuridad.

Había algo más que inquietaba a La Cosa que Crecía, algo que no comprendía del todo. Sentía una sensación extraña y nauseabunda en lo profundo de su ser, como si algo lo estuviera jalando en todas las direcciones a la vez. Pensó por un breve instante de lo feliz que fue cuando encontró la Tierra después de tan largo viaje. Había errado por el espacio como un nómada hasta que sintió la vida abundante en el planeta azul y verde que se cruzó en su camino.

Ahora se sentía diferente. Había visto cómo su territorio se encogía a su alrededor cuando la bola de fuego que era el sol salía después de un tiempo de oscuridad, y cómo el mundo se desvanecía ante él cada vez que comía un ser vivo. Un cambio se estaba dando dentro de sus células Cada una se estaba replicando, cada núcleo celular se dividía y el citoplasma también.

La Cosa que Crecía se retorció entre los arbustos, sacudiendo las ramas y las hojas. Sus gritos, mucho más agudos de lo que podían escuchar los humanos, se disiparon silenciosamente en la oscuridad. Un dolor agonizante lo atravesó, el dolor que cada madre humana experimentaba antes de sentir el placer de ver a su progenie salir de su cuerpo.

Su visión se tornó borrosa y una niebla roja parecía envolverla por unos segundos. Cerró su ojo con todas sus fuerzas. El temor la invadió y el instinto la hizo quedarse inmóvil para que nada la encontrara, nada la pudiera destruir. Abrió su ojo lentamente, tentativamente mirando a su alrededor en la oscuridad. Giró la cabeza para ver hacia el claro en los arbustos, y lo que la Cosa que Crecía vio le quitó el aliento. Era como si se viera a sí misma, o al menos a otro de su especie.

La otra Cosa que Crecía observaba a la primera con igual asombro. Había pensado que estaba sola en este planeta alienígena, sin familia ni amigos. No podía entender lo ocurrido. Tal vez algo en la carne suculenta que comió ese día le había provocado alucinaciones.

La primera Cosa que Crecía intentó pensar. ¿Qué era lo que estaba causando que se sintiera así? Tal vez algo en la carne suculenta que comió ese día le había provocado alucinaciones.

La otra Cosa que Crecía podía recordar el largo viaje entre

el abismo infinito del espacio, al igual que la primera. Juntos recordaban su experiencia como uno solo.

Mientras que la Cosa que Crecía vieja se quedaba dormida, la joven salió a buscar comida. Podía tener las memorias y los pensamientos de su progenitor, pero ciertamente no tenía el estómago lleno.

Bolderelli y Leahman fueron asignados al Parque Griffith. Cautelosamente se dirigieron hacia los arbustos donde habían encontrado los restos de Virginia Vesey, creyendo que no había mejor lugar que ese para empezar a buscar a la criatura que se la había devorado. Seguramente encontrarían algo que los guiaría directamente a las fauces hambrientas de la criatura.

Esta vez fue la linterna de Leahman la que iluminó la escena espeluznante: La Cosa que Crecía, acurrucada debajo de los arbustos, durmiendo el sueño de los inocentes.

La Cosa que Crecía observaba con su único ojo rojo desde una distancia prudencial.

Vio que la comida viva apuntaba largos palos hacia su progenitor.

Vio como esos palos escupían fuego y rugían con explosiones.

Vio como las esferas de plomo impactaban en el cuerpo de su progenitor, rasgando su carne y pulverizando sus órganos vitales.

Sintió más que vio cómo la fuerza vital salía del cuerpo de su progenitor, desapareciendo entre la nada. Pero lo que nunca podría sacar de su memora era el horrible, desesperado grito de muerte que profirió, un grito varios ciclos por encima del rango auditivo de la comida viva.

La siguiente mañana La Cosa que Crecía aún lloraba en

angustia silenciosa por la muerte de su familia. Juró tomar venganza contra los seres salvajes que habitaban este mundo bárbaro. La Cosa que Crecía sintió el calor poderoso de la bola de fuego en el cielo penetrar su cuerpo. Creció un poco más y chapoteó hacia los arbustos cercanos a donde un grupo de niños continuaban jugando, felizmente ignorantes de su existencia.

DINERO PARA QUEMAR

Harrison Micklewhite no hablaba ni una palabra de noruego, y pensaba que era ridículo que su cliente le exigiera que saliera de su tienda en Londres para poder cerrar el trato en el tren expreso entre Oslo y Bergen.

Cierto, el viaje no le costó un solo centavo. El pasaje aéreo de Londres a Oslo, una noche en el hotel, y el boleto de tren y el pasaje aéreo de regreso todo fue pagado por el bolsillo aparentemente sin fondo de Ruperto Templeman-Hyde.

Pero significó que tuvo que cerrar su tienda, «La Filatélica de White», durante dos días. Confiaba en su esposa y la amaba con locura, pero hasta ella tenía que admitir que sus conocimientos acerca del mundo de la colección de estampillas postales internacionales no era exactamente el mejor.

Siguió las instrucciones del Sr. Templeman-Hyde a la perfección y se sentó en un compartimento normal hasta que el tren pasó por el valle Nittedal a unos 24 kilómetros de Oslo. Entonces empezó a caminar en búsqueda del sexto compartimento en el cuarto carruaje.

Era impresionante la rapidez con la que el Sr. Templeman-

Hyde se enteró de que él adquirió las dos estampillas. Era igual de asombroso que el multimillonario le ofreciera dos millones de libras esterlinas por ambas. Eso era el doble de su valor de mercado, aunque eran las únicas dos de su especie en existencia.

La conversación telefónica entre los dos hombres fue breve y al grano. El Sr. Templeman-Hyde quería esas dos estampillas y estaba dispuesto a pagar lo que fuera por ellas para su colección privada.

Al principio Micklewhite no estaba seguro. Él era un aficionado a las estampillas y pensó que se deberían mostrar en un museo en alguna parte, no estar en una colección privada donde nadie las vería. Pero cuando el Sr. Templeman-Hyde hizo su oferta... bueno.

Aquí era. Compartimento seis. Las persianas estaban cerradas adentro del compartimento. Micklewhite tocó tímidamente la puerta.

Una sola palabra, algo apagada, se escuchó desde adentro. —¿Sí?

—Eh, ¿Sr. Templeman-Hyde?

—Sí.

—Soy yo, señor. Micklewhite. Harrison Micklewhite. Tengo sus estampillas. —Alguien pasó caminando a su lado, rozándolo, mientras hablaba.

Repentinamente la puerta al compartimento se corrió con un movimiento rápido y brusco y una enorme cabeza salió, viendo hacia ambos lados del corredor. La cara roja se tornó un tono aún más fuerte cuando vio la figura que se alejaba por el pasillo.

Empujó al vendedor de estampillas hacia un lado y el gigante corpulento y de cara roja agarró al otro hombre por el hombro, haciendo que girara para verlo antes de demandar —¿Habla inglés?

El otro hombre solo abrió sus manos, al parecer sin entender lo que le preguntaba.

El gigante lo soltó y dejó que se fuera, regresando para hablar con Micklewhite.

—Sr. Templeman-Hyde... —empezó Micklewhite.

—Por el amor de Dios, sea más cuidadoso —dijo el hombre.

—¿Cuidadoso? ¿Por qué? No entiendo. Todo esto es legal, ¿cierto, Sr. Templeman-Hyde?

—¿Qué? Sí. Sí, por supuesto lo es. Es solo que no quiero que nadie más... bueno, solo digamos que fue suerte que ese sujeto no hablara inglés. El multimillonario parecía estar recuperando una semblanza de compostura—. ¿Dijo que tiene las estampillas?

Micklewhite asintió con un movimiento de su cabeza. —Y usted, ¿tiene el dinero?

El Sr. Templeman-Hyde indico un portafolio sobre el asiento. —Puede contarlo si quiere. —Interrumpió las protestas del vendedor para decir—: En ese caso, cuénteme nuevamente a cerca de las estampillas.

Micklewhite sacó un sobre blanco del bolsillo del pecho de su chaqueta y cuidadosamente extrajo las dos estampillas, las cuales colocó en la mano del multimillonario.

—Las estampillas muestran el bautizo del Príncipe Leopoldo de Battenburg en la capilla de San Jorge, Windsor, en 1889. Solamente se hicieron cuatro, y estas son las únicas dos que sobreviven. Una se destruyó en un incendio y un perro se comió la otra.

—¿Así que estas dos son las únicas en el mundo? —preguntó el Sr. Templeman-Hyde mientras las sostenía con reverencia en su mano.

—Sinceramente espero que las pueda mostrar al público —comento Micklewhite—. Sería una tragedia si nadie más las pudiera ver.

El hombre quitó su vista de las estampillas para mirar al vendedor directamente a los ojos. —Dígame, Sr. Micklewhite, mientras más raro es algo, aumenta su valor, ¿cierto?

El Sr. Micklewhite asintió.

—Y estas dos estampillas juntas valen, ¿qué, alrededor de un millón de libras esterlinas?

Nuevamente el Sr. Micklewhite movió su cabeza, indicando que estaba de acuerdo.

La mirada del Sr. Templeman-Hyde era intensa, intimidante. —Pero ¿qué pasa si solo hay una? Suponga que solo quedara una de estas estampillas en el mundo. ¿Cuánto valdría?

—Si hubiera solo una... una estampilla con esta historia... el Príncipe Leopoldo... fácilmente cinco millones. Su valor sería incalculable. —A Micklewhite no le gustó cómo cambió la expresión en el rostro del señor parado enfrente de él—. ¿Por qué la pregunta?

En respuesta silenciosa, el Sr. Templeman-Hyde guardó una de las estampillas en el bolsillo interior de su chaqueta, sacó su encendedor, y calmada y deliberadamente le prendió fuego a la otra estampilla.

UN ASESINATO JUSTO A TIEMPO

Al contemplar los años anteriores, Bill Hunter sabía que su plan no funcionaría hoy, con Facetime, Skype, y otras formas de comunicación instantánea.

Pero en 1982 la situación era completamente diferente.

La espera era lo que afectaba a Hunter más que cualquier otra cosa. Miro alrededor del juzgado, deteniendo la vista en la puerta que daba al ante sala donde en ese mismo instante su futuro pendía de un hilo. Luego desvió la mirada hacia el reloj. «De seguro ya no tardarán mucho» pensó. Culpable o inocente... ¿cuál sería el veredicto?

Por lo general Hunter usaba esos períodos de espera para reflexionar sobre los pros y los contras de su vida diaria. Era un exitoso empresario dueño de una empresa de computación. Su atractiva y vivaz esposa había mantenido su apariencia durante sus treintas y cuarentas. A los 48 años, Margaret era cinco años menor que él, y para todo mundo, el matrimonio de ellos era perfecto.

Solo era al final del día, cuando los demás regresaban a sus casas después de las lujosas fiestas que daban los Hunter y que se le echaba llave al cerrojo, que la fachada caía y demostraba la verdadera naturaleza que ocultaba.

A lo largo de los años él llegó a aceptar de que el matrimonio había terminado. Aún después de que los niños se fueron de la casa solamente estaban juntos para mantener las apariencias. Él tuvo unas aventuras, y seguramente que Margaret igual. Él estaba contento con dejar que las cosas siguieran así, pero ella cruzó la línea cuando dejo caer la bomba un día cuando estaban desayunando.

—Por cierto —empezó a hablar Margaret sin preocupación mientras limpiaba la mesa y guardaba la jarra de jalea y el plato con mantequilla—, ¿puedes sacar tu trípode y pinturas del salón pastel mañana? Quiero limpiarlo antes del fin de semana. Invité a alguien para que venga a la casa.

—¿Quién?

—Alguien con quien quiero pasar algo de tiempo.

—¿Quién? —insistió él.

—No lo conoces.

—¡Lo! —Hunter escupió la palabra—. ¿A qué intentas jugar?

—Si no sacas esas cosas van a parar en la basura.

Y así fue como la rueda de la fortuna comenzó a moverse. Todos los fines de semana después, el Dr. Charles Hine llegaba a visitar y Margaret dormía en el salón pastel junto con él.

Bill Hunter empezó a odiar a su esposa cada vez más a medida que pasaban los meses, y gradualmente empezó a formar un plan en su mente.

Ahora, en el juzgado, como cuando la vida pasaba enfrente

de los ojos de un hombre moribundo, Hunter recordaba los detalles de esa fatídica noche, tratando de asegurarse de que no hubiera errores. ¿Podrían las mentes legales perspicaces a las que se enfrentaba descubrir lo ocurrido?

Cuando salió de la oficina ese día le dijo con tono jovial a su secretaria —Bueno, Sylvia, me voy. No se le olvide que mañana estaré en Londres todo el día para la reunión con Datateknik.

Sylvia sonrió. —No lo olvidaré, Sr. Hunter. Y por favor recuerde que se su reservación es en el Hotel Grosvenor Court para esta noche. No puede conseguirle una reservación para el Wilton Palace.

Pero en lugar de ir a Londres, condujo de manera despacio hacia la gran casa aislada que compartió con Margaret durante los últimos 25 años, cuidadosamente asegurándose de que nadie lo viera entrar por el portón.

—Supongo que llamarás a Debby hoy, ¿cierto? —preguntó mientras Margaret empezó a levantar los platos de la cena.

—Por supuesto. Dos minutos después de las dos. Deberías saberlo ya.

Todos los años desde que su hija había emigrado a la ciudad de Napier en la Isla Norte, Nueva Zelanda, Margaret había insistido en llamarla para su cumpleaños a la hora exacta de su nacimiento: dos minutos después de las dos de la tarde, hora de Nueva Zelanda. Eso significaba que ella se tenía que levantar a las dos de la madrugada en Inglaterra para poder realizar la llamada.

—Bueno, no me levantes —contestó, fingiendo el toque perfecto de irritabilidad.

—¿No le vas a hablar? —preguntó Margaret, sorprendida.

—No, este año no. La llamaré desde la oficina mañana como a las diez. A esa hora todavía estarán despiertos. —Hizo una pausa y luego añadió como si se le acababa de ocurrir— No se lo digas a ella. Quiero que sea una sorpresa.

El incesante sonar de su alarma digital lo despertó a las diez para las dos de la mañana. Estiró su mano hacia la lámpara en la mesa de noche y escuchó a Margaret en el cuarto de al lado mientras se alistaba para su gran momento. Su corazón latía caóticamente en su pecho mientras el sonido apagado de las pantuflas de Margaret sonaba en el pasillo, moviéndose desde su cuarto a las escaleras y luego al piso inferior.

Unos momentos después, él también bajaba por la escalera y podía escuchar a Margaret mientras tarareaba en voz baja en la sala. Hunter abrió silenciosamente la puerta trasera y se paró afuera del ventanal de la sala, tratando de escuchar que ya hubiera empezado la llamada con su hija.

—¿Debby? Hola Debby, es mamá. Feliz cumpleaños, amor. ¿Cómo estás? —Como de costumbre, Margaret sonaba emocionada y hablaba en voz fuerte al teléfono—. ¿Una fiesta? ¿Cuándo? ¿Hoy? ¡Qué maravilloso!

El resto de sus palabras se perdieron, ocultadas por el sonido de la ventana rompiéndose cuando Hunter lanzó una roca a través de ella. En unas pocas zancadas ya había entrado de nuevo en la casa, caminando hacia la sala.

Margaret corría hacia él.

Tenía que ser rápido. Él lo sabía. Antes de que ella pudiera decir su nombre.

El auricular estaba al lado de la base. No podía permitir que Debby escuchara algo que no debía, como Margaret diciendo su nombre.

Margaret tomó una bocanada de aire de la sorpresa cuando vio a Hunter completamente vestido, como si fuera a salir.

Luego gritó horrorizada cuando vio el gran cuchillo que sostenía en su mano derecha levantada. Desesperadamente él se lanzó hacia ella, sintiendo una satisfacción que no pudo disimular cuando la hoja del cuchillo se clavó profundamente en su corazón.

Mientras abría la ventana rota de la sala y apartaba la cortina pudo escuchar la voz frenética de Debby sonando desde Nueva Zelanda. —¿Mamá? ¿Mamá? ¿Qué sucede? ¿Mamá?

Su Jaguar ronroneó por los caminos desiertos hasta salir a la calle principal. Miraba de reojo el reloj del tablero conforme el auto aumentaba de velocidad. Eventualmente tomó un camino rural y rápidamente cubrió los últimos 500 metros antes de llegar a la casa del Dr. Hine. Hunter no se había quedado de brazos cruzados durante los fines de semana que Hine pasaba junto a Margaret, así que fue con cierta práctica que forcejeó el cerrojo de la puerta trasera. Lo había practicado varias veces y sabía exactamente qué hacer.

La primera parada era en el reloj de pie, el cual indicaba que la hora era diez minutos para las tres. Suavemente detuvo el péndulo y regresó las manecillas para que indicaran cinco minutos para las dos. Empujó el péndulo para que retomara su vaivén, esperando un par de segundos para asegurarse de que el reloj funcionara bien antes de subir silenciosamente por las escaleras.

Suavemente abrió la puerta de la recámara justo lo suficiente para que pudiera entrar, acercándose sin hacer ruido a la cama y la mesita de noche a un costado.

Observó al hombre dormido plácidamente en la cama y sintió un impulso repentino de empezar a romperle la cabeza a golpes, pero rápidamente sacó esos pensamientos irracionales de su mente.

«Primero lo primero» pensó. Se agachó para desenchufar el

reloj digital que estaba sobre la mesa de noche. Instantáneamente los números se detuvieron y la luz se apagó.

Con un movimiento repentino pateó la mesa y la botó, haciendo un enorme estruendo.

Hine despertó inmediatamente, sentándose en la cama de un solo. —¿Qué diablos sucede? La luz de la luna que sutilmente entraba por las delgadas cortinas iluminaba de manera aterradora la figura amenazante de Hunter parado al lado de la cama. Hunter no respondió, simplemente se quedó parado como una estatua grotesca, deliberadamente asegurándose de que Hine supiera que era él.

—¿Quién...? Dios mío, Hunter. ¿Qué haces, hombre?

Nuevamente Hunter no respondió, simplemente se quedó parado, sin moverse. En el silencio se escuchó que el reloj de pie sonó dos veces. Luego deliberadamente miró al reloj que llevaba en su muñeca. Seis minutos para las tres. Todo bien hasta el momento.

Esperaba que Hine hubiese visto y escuchado lo suficiente como para recordar todo después. Apuntó y acertó un buen golpe en la mandíbula del doctor. Hine se dobló y luego su aliento salió de forma violenta de su cuerpo debido a otro golpe, esta vez al estómago. Luego cayó de vuelta sobre la cama, inconsciente.

No le tomó a Hunter más de dos minutos cambiar la hora en el reloj digital para que marcara las dos y arreglar la hora del reloj de pie.

Dos horas más tarde, el portero de noche en el hotel Grosvenor Court le entregó la llave de su habitación.

El fiscal no tuvo piedad mientras presentaba su argumento final. —Hasta tenemos la hora exacta del ataque —dijo con toda la confianza—. Como escucharon, el Dr. Hine claramente recuerda que el reloj de pie sonó dos veces, y el reloj de la mesa de noche se detuvo cuando se desenchufó al momento que se cayó la mesa, marcando justo las dos. El Dr. Hine está completamente seguro acerca de quién fue y a qué hora. Fue el acusado, William Hunter, y fue a las dos de la madrugada.

»Lo trágico es que a esa misma hora sucedió el asesinato de la Sra. Hunter en su hogar, a unos 50 kilómetros de la casa del Dr. Hine, durante un robo. Eso fue corroborado por su hija. Si el Sr. Hunter hubiera estado en su casa en lugar de estar agrediendo al Dr. Hine, pudo haber salvado a su esposa. Tendrá que vivir con esa culpa el resto de su vida.

»A pesar del testimonio del Sr. Hunter, tenemos la evidencia del portero del hotel quien insistió que no se registró en el hotel sino hasta las cinco de la mañana. Damas y caballeros del jurado, a las dos de la madrugara del día en cuestión, William Hunter no estaba en el hotel como él dice, sino que agredió al Dr. Hine.

Los recuerdos de Hunter de lo que hizo esa noche se evaporaron al mismo tiempo que el jurado regresaba al juzgado luego de haber deliberado el veredicto. Se mantuvo de pie mientras el presidente del jurado informaba al juez de su decisión.

Hunter luchaba por no demostrar el alivió que sentía mientras se volteaba para ver de frente al juez quien anunció su sentencia.

—William Arthur Hunter, se ha determinado que usted es culpable de llevar a cabo una agresión premeditada sobre la persona del Dr. Charles Edward Hine. La corte acepta, sin embargo, que hubo cierta provocación y, por supuesto, que esta es su primera ofensa. Habiendo dicho eso, no tengo alternativa más que condenarlo a nueve meses en prisión.

El parpadeo de los ojos de Hunter se pudo haber tomado como una expresión de su angustia, pero sus pensamientos estaban todo menos angustiados. Si en algún momento la investigación relacionada al asesinato no resuelto de Margaret se acercaba demasiado a la realidad, todo lo que debía decir era «perdone, inspector, pero ya me encontraron culpable de haber cometido otro crimen a la misma hora en que asesinaron a mi esposa».

LA ROBA SUEÑOS

Runa-Salvaje miraba hacia los rayos anaranjados que teñían las nubes al oeste de Banatray. El cielo enrojecido que señalaba el fin del día podía deleitar a los pastores en las laderas del valle, ya que presagiaba un buen día veraniego para el día siguiente, pero solamente le causaba miseria y desesperanza a Runa-Salvaje.

Antes de que llegara el amanecer, debía pasar la noche, y para Runa-Salvaje, las noches ya no brindaban el sueño reparador que una vez brindaron. Cuando el sol desaparecía por detrás de los árboles en la orilla del bosque del otro lado del valle, la oscuridad traería la gama usual de terrores y pesadillas.

Los ancianos del pueblo lo veían con demasiada frecuencia, y habían escuchado que sucedía por todo el reino. Ahora veían el mismo patrón desarrollándose en Runa-Salvaje. Durante las primeras noches de su enfermedad, que así preferían llamarlo, aunque sabían que no era una enfermedad, sus sueños habían sido avistamientos a medias de un temor sin nombre. Esto había progresado sin piedad a un mundo lleno de horrores inimaginables donde noche tras noche ella era la presa de lo que fuera que rondaba por las sombras oscuras en las esquinas de su mente.

Monstruo tras monstruo desfilaba por sus sueños, manos cercenadas aruñaban su cara mientras ella intentaba huir desesperadamente, pero sus piernas pesaban tanto que apenas podía poner un pie frente al otro. A veces podía ver ojos rojos intensos que seguían cada uno de sus movimientos en la oscuridad. Ella no sabía a quién le pertenecían esos ojos, pero presentía que la harían pedazos si ella dejaba que se le acercaran. Con sus piernas de plomo reusando obedecer sus plegarias silenciosas para apurarse, sentía que los dueños de esos ojos se le acercaban cada vez más.

Mientras su mente adormitada era capturada en el implacable puño de los terrores nocturnos, su madre y padrastro eran cautivos de una pesadilla también. Para ellos, era la pesadilla diaria de ser incapaces de evitar que la hija única de Alee-Brun sufriera así noche tras noche.

Al principio los sueños eran generalmente tranquilos, aunque interrumpían su sueño un par de veces cada noche. Luego la tierra que se convertía en su hogar noche tras noche empezó a volverse cada vez más siniestra y lleno de temor, poblado por toda clase de seres malévolos. La primera vez que sucedió, su grito agudo cortó el silencio oscuro de la noche poco después de la media noche. Bran-Rick despertó en un instante, saltó de la cama y corrió hacia la habitación de su hijastra.

—¿Qué pasa? —La voz de Alee-Brun sonaba todavía adormilada mientras se sentaba en la cama. No la despertó el grito, sino el movimiento repentino de Bran-Rick. Cuando ella llegó al lado de su esposo, él estaba inclinado sobre la cama de Runa-Salvaje.

—Despierta, Runa-Salvaje, es una pesadilla. Eso es todo.

—*Eso es todo*. Esas palabras regresarían a atormentarlo durante los días – y noches – por venir. Pero en ese instante, pensó que era una simple pesadilla, que sucedería una sola vez, ya que Runa-Salvaje normalmente dormía bien, aunque en días recientes había mencionado algo acerca de sueños de los que se acordaba a medias.

Él intentó despertarla, suavemente sacudiendo su hombro mientras que espasmos violentos sacudían su cuerpo.

Al principio de esa noche Runa-Salvaje durmió bien, su respiración lenta, calmada y sin problemas. Luego, gradualmente mientras avanzaba la noche, sintió que algo no estaba como debería ser, y el sueño empezó a desarrollarse. Un momento estaba caminando por el pastizal al lado del pueblo, y en el siguiente sintió que quedó atrapada en el escenario de su pesadilla, corriendo a toda velocidad por un bosque extraño, perseguida por algo desconocido. Tenía que escapar, no podía dejar que la atrapara, no podía dejar que la devorara, o podía dejar que la descuartizara, que era lo que ella sabía que la entidad desconocida quería hacer. La perseguía de cerca, cerrando la distancia entre ellos centímetro a centímetro mientras corrían desenfrenadamente por los árboles cuyas ramas se entrelazaban sobre ellos, tapando el sol y causando una penumbra eterna en el suelo del bosque.

Su ropa no le era familiar. Desapareció su vestido favorito de cuero y sus botas a la altura de la rodilla. En su lugar llevaba puesto una camisa andrajosa y shorts. Las ramas le pegaban en su cara y brazos, y piedras pequeñas y afiladas y ramitas lastimaban las plantas de sus pies descalzos mientras avanzaba en la media luz opresiva. Repentinamente los recuerdos inundaron su mente y el terreno ya no parecía ser tan desconocido. Directamente enfrente de ella estaban los restos destrozados de un árbol de nogal americano cuyo tronco fue partido en dos por un rayo. Durante las horas que permanecía despierta esa tierra extraña y brutal era solamente un recuerdo difuso, exiliado a los rincones misteriosos de la mente que intentan ocultar las cosas que no quería recordar. Pero ahora, de alguna manera misteriosa, conocía la geografía del bosque donde estaba y reconoció que había estado allí anteriormente.

Esas otras veces era en sueños, no en una pesadilla como esta. En esas otras ocasiones ella había pasado el tiempo caminando plácidamente por el sendero en el bosque, a veces consiente de que algo se movía entre los árboles en conjunto con ella.

Inquietante, pero no atemorizante. Ella se había convencido de que era solamente un ciervo. Esta vez no era así. No era un ciervo del que huía, sino algo maligno que la deseaba un mal inmensurable. Por eso huía. Pero su recién recuperada memoria del bosque tal vez le daría la ventaja.

Sabía que a unos pocos metros a la izquierda del nogal partido se abriría un claro en el bosque, el cual se extendía más o menos cien metros en todas las direcciones. Y justo en el centro de ese claro había algo que la ayudaría escapar del ente que se le acercaba cada vez más.

Si tan solo pudiera llegar allí a tiempo, pero era demasiado poco tiempo. Podía escuchar algo que se arrastraba por la maleza justo detrás de ella. Demasiado cerca. Acercándose. ¿Cuánto faltaba para llegar al claro? ¿Qué tan lejos para llegar al centro y estar a salvo?

Se catapultó de la franja de árboles hacia la luz intensa del sol y allí, a cincuenta metros, se encontraba el monolito de diez pies de alto en el que ella había puesto su esperanza de salvación. A mitad del camino ella miró sobre su hombro y vio por primera vez qué era lo que la perseguía.

Fue en ese momento que su grito agudo irrumpió de su cuerpo inerte y despertó a su padrastro.

Sus ojos todavía no se habían ajustado a la luz repentina del sol después de salir de la penumbra de los árboles, pero su pesadilla velozmente ajustó el nivel de luz para compensar el cambio. Lo que fuera que dio a luz a esa pesadilla quería asegurarse de que ella pudiera ver la horrífica malevolencia de lo que la perseguía, y lo que vio la hizo estremecer con un terror profundo, abriendo la presa para que una ola de adrenalina corriera por sus venas. El temor salía de ella en ondas, fluyendo por una línea ley cercana hasta llegar a su objetivo detrás del nogal partido. Los pocos segundos que ella se quedó viendo a lo que le perseguía fueron suficientes como para que varias pulsaciones de miedo fluyeran desde su cuerpo hacia la línea ley.

Veinte metros arriba del suelo podía ver dos caras puntiagudas. Cada una parecía estar conectada a un cuello de al menos medio metro de diámetro, los cuales se juntaban a aproximadamente diez metros del piso. El cuerpo de poco más de un metro de ancho se arrastraba como una culebra hacia ella. La parte inferior de la culebra de dos cabezas era de color azul blancuzco pálido, lo que contrastaba con las escamas azul oscuro del lomo. Cuatro ojos diminutos, dos en cada una de las caras escamosas, brillaban con un rojo intenso arriba de bocas abiertas que revelaban colmillos puntiagudos que estaban a punto de atacarla. A pesar de ser parte de un solo cuerpo, cada cabeza parecía actuar de manera independiente, ya que ambas atacaron al mismo tiempo, chocando entre sí y desviándose del objetivo. Ambos pares de colmillos pasaron al lado del cuello de Runa-Salvaje sin hacerle daño.

Eso le dio los pocos segundos que necesitaba para llegar al monolito donde estaría a salvo. No sabía por qué estaría a salvo allí, simplemente era algo que sentía en su interior. Extendió los brazos y se abalanzó sobre la piedra, solo para descubrir que estaba empapada, gateando para salir de un rio que fluía por un valle. Docenas de dientes como agujas, pertenecientes a cientos de peces pequeños, intentaban aferrarse a su piel mientras estaba en el agua. Logró subirse a la ladera del rio y se dio la vuelta para mirar hacia el agua. Los peces también salían del agua, sus colas creciendo y convirtiéndose en dos piernas cortas. De repente un pez se tiró hacia ella, mordiéndola en el hombro, sus dientes penetrando profundamente en su piel. Gritó por el dolor causado por las docenas de dientes afilados y trató de quitárselo de encima, sacudiéndose desesperadamente para que la soltara.

En el mundo de los despiertos, la mano de Bran-Rick suavemente sacudía ese mismo hombro.

Ella intentó apuñalar el pez, pero sus dientes estaban firmemente plantados en su hombro. Agarró la cabeza y la apretó con todas sus fuerzas, jalando el pez al mismo tiempo. Los dientes se soltaron de su piel, botando sangre, y en el siguiente instante, la cabeza explotó en su mano, bañándola con una apestosa masa gelatinosa y pegajosa.

Corrió por la ladera, sus pies deslizándose en el lodo. Allí, justo enfrente, estaba el nogal partido. Eso quería decir que no muy lejos estaba el monolito de piedra donde podría estar a salvo. Si tan solo pudiera llegar a él a tiempo, pero sería una carrera reñida. Los peces caminaban detrás de ella, sorprendentemente veloces mientras caminaban en sus piernas cortas. Se acercaban, ganando terreno. ¿Qué tan lejos estaba el nogal? ¿Vería el monolito cuando llegara al claro? ¿Qué tan lejos para estar a salvo?

En varias ocasiones más durante esa noche criaturas innombrables la alcanzaban segundos antes de que ella tocara la roca y fuera catapultada a otra persecución frenética.

A veces la velocidad en la que corría la sorprendía. Sus pies descalzos volaban por el terreno, sobre pasto, rocas, lodo, lo que fuera, impulsándola kilómetro tras kilómetro justo fuera del alcance de sus atacantes. Desesperadamente buscaba el nogal, y cada vez que lo veía estaba casi a punto de llegar cuando la alcanzaban, dientes se clavaban en su carne, o garras puntiagudas y retorcidas se aferraban a ella para jalarla de regreso hasta el último nivel del infierno. Cada vez que sucedía, el terror fluía desde ella hacia un punto detrás del nogal a través de la línea ley, instantes antes de que sus dedos tocaran el monolito, buscando un breve y fugaz refugio.

A veces sus piernas se tornaban pesadas, y sin importar cuánto intentaba, no podía moverlas. Giraba su cabeza en todas las direcciones, frenéticamente buscando cualquier indicio del horror que sabía que estaba a segundos de encontrarla.

El temor ahora era la única emoción que sentía. Era el temor lo que causaba que la adrenalina corriera por sus venas. Era el temor lo que mantenía a Runa-Salvaje cautiva noche tras noche, descendiendo cada vez más en un pozo de desesperación inconsolable.

Y justo antes del amanecer, el horror de todas las noches llegaba a su punto máximo. Los colmillos destilaban saliva a centímetros de sus pies. Las manos sin cuerpo cubiertas de sangre rasgaban su espalda. Arañas caían de los árboles sobre su cabeza, moviéndose por su cabello hasta sus oídos, se metían en su nariz y en su boca, intentaban abrir sus párpados con sus piernitas incansables. Ella podía sentir la respiración fétida de los dueños de los incontables ojos rojos que la rodeaban por todos lados, negándole una ruta de escape. Se le acercaban cada vez más, atentamente esperando la oportunidad de atacarla, devorarla pedazo por pedazo. Sus pies tercos se reusaban a moverse, como si estuvieran atrapados en el fango más pesado, succionándola cada vez más hacia las profundidades.

Runa-Salvaje se encontraba sacudiéndose incontrolablemente en su cama justo en ese punto, su pelo rubio color miel empapado por el sudor.

Cada noche, justo antes de que finalizara la pesadilla,

Runa-Salvaje veía a una chica parada detrás del nogal. Parecía ser unos cuatro o cinco años mayor que Runa-Salvaje. La palidez exagerada de su piel contrastaba con el carmesí profundo de sus labios que se abrían para mostrar una lengua negra que se extendía para descansar sobre su mentón. La chica detrás del árbol luego alzaba sus brazos para abrazar el flujo tangible de temor que emanaba de Runa-Salvaje. Corría a través de la línea ley, aumentando su fuerza e intensidad antes de fluir entre los brazos de la chicha hacia su boca. Un suspiro profundo y despacio emanaba de los labios de la chica y la palidez de su piel aumentaba. Un brillo intenso le daba un color profundo y resplandor a su pelo castaño. En sus ojos color miel había un brillo de victoria.

La chica se puso de cuclillas, aparentemente satisfecha y recuperada. La mente de Runa-Salvaje dejó el sitio de su pesadilla y regresó a su cuerpo adolorido, el cual dejó de retorcerse en la cama. Su cabeza se desplomó sobre la almohada y entró en un sueño ligero, inquieto e interrumpido, pero sin pesadillas. Así se quedó los breves momentos hasta que los primeros rayos del sol alumbraron la penumbra en su cuarto y ella despertó, exhausta y drenada de toda energía. Día tras día sus pómulos que acentuaban su cara morena y ovalada se hacían un poco más prominentes mientras la piel debajo de ellos se hundía cada vez más. Sus ojos azules que una vez brillaron con vida y entusiasmo se tornaban opacos, indiferentes y sin enfoque.

El único consuelo que encontraban Bran-Rick, Alee-Brun y Runa Salvaje era que los ancianos del pueblo les dijeron que el tormento pasaría eventualmente. —La enfermedad es pasajera —dijo la anciana chamana cuando les fueron a consultar después de tres noches de tormento continuo—. Es lamentable que le suceda a alguien tan joven, pero deberán consolarse al saber que a su edad sus pesadillas no serán tan desarrolladas como alguien apenas dos años su mayor.

Los ojos ciegos de la chamana no expresaron una gota de la angustia que sentía por Runa-Salvaje, sabiendo que sus palabras eran vacuas. Claramente se recordaba de esa terrible noche hace 70 años cuando ella, a los 16 años, fue víctima por primera vez de la Roba Sueños.

EL TESTIGO SILENCIOSO

Ben se ocultó debajo de la mesa con la esperanza de que no lo vieran. Él sabía que debía hacer algo para impedir que ocurriera, pero su valentía lo desertó. Después de todo, él era muy pequeño y el hombre enmascarado era tan grande.

El cuchillo descendió nuevamente y Ben escuchó un último suspiro.

—Dos heridas de cuchillo —comentó el primer detective—. Una al corazón y una en el pulmón.

—Seguramente sorprendió a un ladrón —contestó el segundo detective—. Rompieron la ventana del comedor. Probablemente entró en la habitación y se encontró con el ladrón allí.

El primer detective miró hacia el cuerpo otra vez. —Lo que sucede por creer que pueden hacer las cosas solos —pensó en voz alta con algo de desdén. De repente vio a Ben escondido debajo de la mesa—. Vaya, vaya, ¿qué tenemos aquí? Vamos, muchacho, sal de allí. Todo está bien. Nadie te va a lastimar.

Ben todavía temblaba, pero había algo en el tono de voz del policía que lo hizo confiar en él. Algo que le gustó. Movió la cola, saliendo despacio de debajo de la mesa. El policía se agachó y tomó al caniche pequeño en sus brazos. Ben sacó la lengua para lamer la cara del detective, cubriendo su rostro en besos caninos.

—Está bien, está bien —dijo el oficial mientras sonreía. Luego lo bajó y se limpió el rostro con un pañuelo. Su sonrisa se desvaneció poco a poco cuando se le ocurrió una idea. Frunció el ceño y se quedó mirando al perro—. Oye, seguramente viste quién lo hizo. Qué lástima que no nos puedes decir.

Por supuesto que Ben sabía quién lo había hecho. El hombre usó máscara, pero Ben no necesitaba ver su rostro. Conocía el olor del hombre. Era el vecino de al lado, quien llegaba todos los jueves en la noche cuando su amo salía a jugar dardos. El mismo hombre que subía con la esposa de su amo a la habitación y no bajaba hasta después de dos horas.

Sí, Ben sabía quién era el culpable.

¿Qué fue lo que dijo el policía? «Lástima que no nos puedes decir». Pero Ben sí podía. Sería una burla a las leyes de la naturaleza, pero Ben se sentía obligado a hacerlo.

Innumerables memorias corrieron por su mente, a raíz de las muchas vidas que había pasado en la tierra.

A veces había sido hombre, a veces mujer. En otras ocasiones, había sido animales del campo. En esta encarnación era Ben, el caniche. Testigo del asesinato de su amo. Un sentimiento de indignación salió de lo más profundo de su ser. Si no delataba al sádico asesino que mató por quedarse con la esposa de su amo, nunca lo encontrarían.

De alguna manera Ben tenía que hablar, de comunicarle al policía quién era el culpable. Sus ojos tristes se clavaron en el segundo detective, sosteniendo su mirada. Juntó toda su fuerza y llamó la magia oculta de los principios del tiempo para darle voz a su lengua canina. Abrió su boca y empezó, pero todo lo que escuchó el policía era un rugido monótono.

El primer detective miró con sorpresa a Ben. —Santo cielo, normalmente sus ladridos son tan agudos. Que ladrido tan grave el que tienes, pequeño.

—¿Qué le sucede a su pata?

La pata de Ben rígidamente apuntaba hacia la pared, en dirección de la casa del vecino.

El segundo detective le dio unas palmadas a Ben en la cabeza. —Qué ruidoso eres. Cómo ladras, ¿eh, chico?

Las palabras de su compañero hicieron que el primer detective se respingara. Sus ojos siguieron la dirección que indicaba la pata del perrito. —Está señalando hacia la casa del vecino. —El detective se dirigió a su compañero—. ¿Qué fue lo que dijiste? ¿Cómo ladras? —El detective consultó sus notas—. El vecino de al lado es de apellido Vargas. Paúl Vargas.

Si los perros pudieran sonreír, Ben hubiera sonreído de oreja a oreja. Caminó contentamente hacia su plato, su cola moviéndose de lado a lado. Sí, acababa de poner al Sr. Vargas en la mira de la ley.

EL VIENTO DE FUEGO

El libro quemado llamó la atención de Zinzibar desde que entró al vestíbulo. Estaba encima de un montón de cerámica rota. La cubierta era roja y, viéndolo desde donde estaba parado, parecía ser de plástico.

La pared al fondo de la arena había colapsado en algún momento lejano de la historia, y ahora los rayos delicados del sol se filtraban donde una vez estuvo firmemente erguida.

Zinzibar arrugó su tronco de dos pies de largo en un gesto de disgusto. Sus tres ojos temblaron al final de sus tallos, observando el declive y deterioro a su alrededor. Extendió su tentáculo superior izquierdo y suavemente tocó la portada del libro. Decidió que no era plástico, aunque tenía el mismo brillo peculiar. Parecía un tipo de cartón laminado.

Las orillas del libro estaban ennegrecidas, como si alguien lo rescató de quemarse, o que las llamas habían ardido a su alrededor sin consumirlo. Abrió la portada, y ambos de sus corazones palpitaron con fuerza. Había algo escrito adentro. Para él era solo un montón de líneas sin sentido, pero estaba convencido de que, como en otras ocasiones, los eruditos que viajaban en la nave podrían descifrarlo. El conocimiento que tenían de este tipo de jeroglíficos era sin igual en todo el universo.

Lo recogió y cuidadosamente lo metió en su bolsa. Sus ojos se menaron mientras buscaba en todos los rincones por si había otro tesoro como ese, pero no encontró nada más.

Cuando decidió que no había nada de importancia, salió de la construcción, abrazando su cuerpo grueso y escamoso en un gesto de felicidad autocomplaciente. En todos sus viajes nunca había encontrado algo como el libro. Siempre él era el que regresaba a la nave con sus tentáculos vacíos. «Pero no esta vez» pensó. Esta vez sería el héroe. Tal vez los secretos contenidos en las páginas del libro revelarían lo que le sucedió a la civilización que una vez habitó ese mundo.

Recordó la sensación de euforia que se apoderó de la enorme nave espacial cuando sus instrumentos detectaron este planeta desconocido. La exploración siempre era una actividad bienvenida para romper con la monotonía de los meses interminables en la nave.

Pero esa emoción se esfumó lentamente cuando la nave atravesó las nubes y pasó por encima de la superficie. Era obvio al ver por los puestos de observación que una vez el planeta estuvo repleto de vida, pero ahora lo único que quedaban eran las ruinas devastadas de ciudades inmensas. Un escaneo con sus instrumentos determinó que no había vida inteligente a base de carbono en el planeta. Los eruditos concluyeron que alguna tragedia tuvo que haber ocurrido allí.

Los reportes de las computadoras indicaron en la atmósfera un nivel de radiación superior a lo esperado, y nuevamente se consultó con los eruditos para buscar una respuesta. Ellos movieron sus cabezas arriba y hacia abajo en unísono. Dijeron que probablemente era el resultado de algún tipo de holocausto nuclear que sucedió hace cientos de años. Podrían estar más seguros, dijeron, si podían analizar algo de la vegetación que cubría la tierra.

Zinzibar se abrazó con más fuerza mientras regresaba junto con su tesoro a toda marcha de regreso hacia la nave. «¿No sería maravilloso si este libro indicara qué sucedió?» pensó mientras andaba.

Pasaron unas semanas antes de que los eruditos pudieran descifrar el lenguaje lo suficiente como para leer el libro, pero cuando estuvieron listos, presentaron sus resultados ante la multitud en el teatro de la nave.

—Parece ser un diario —explicaron a la audiencia, quienes escuchaban atentamente—. Un diario que abarca varios años, como si el autor tuviera miedo de escribir demasiados detalles, o como si fuera el único libro que tenía y no podía conseguir más papel.

A Zinzibar le parecieron fascinantes tres pasajes, y los leyó una y otra vez hasta que los pudo recitar de memoria.

«De donde estaba, parecía un viento de fuego, un huracán que quemaba todo en su camino. Podía sentir cómo avanzaba hacia mí cuando cerré la puerta del refugio. A penas logré entrar.»

«Durante dos días escuché la radio, oyendo las historias de horror de lo que había sucedido. Los superpoderes se habían aniquilado mutuamente; el holocausto nuclear fue completo. Repentinamente la radio dejó de funcionar y perdí el contacto con el mundo exterior. Tenía miedo de salir, pero no tuve más remedio cuando se acabaron mis raciones después de seis meses.»

«Que mundo tan extraño e irreconocible el que me esperaba cuando cautelosamente abrí la puerta. Era mediodía en el verano, pero el paisaje estaba cubierto por una penumbra etérea y un viento helado soplaba sobre la tierra.»

Otro pasaje, cerca del final del libro, llamó aún más la atención de Zinzibar. Suponía que lo escribieron varios años después de los pasajes iniciales.

«No solo está cambiando de una manera estrepitosa el mundo alrededor, pero también las personas, si es que todavía se nos puede llamar personas. Al principio creo que no lo quería ver en mí, pero seguramente ya había empezado el cambio. Además de las mutaciones genéticas que se presentan en los recién nacidos, nosotros los mayores también nos deformamos de maneras horrorosas cada día que pasa. Nuestra piel se vuelve más dura, casi como la corteza de un árbol. Creo que estamos mutando para convertirnos en una especie nueva, mejor adaptada a nuestro mundo destrozado.»

«Mis brazos se hacen más largos. Hace apenas dos años me llegaban a las rodillas, y ahora están casi a la altura de mis tobillos. Mis dedos se están fusionando para formar pinzas, y mi nariz al parecer quiere migrar hacia mi pecho.»

Zinzibar estaba maravillado con las similitudes. Al parecer, basado en las descripciones del diario, los habitantes de este mundo eran muy parecidos a su propia raza, y aparentemente evolucionaron de una manera similar. Pensó en las ilustraciones que había visto de sus propios ancestros antes del holocausto en su mundo, antes de que su bello planeta, Tierra, fuera destruido por la guerra entre Corea del Norte y el mundo Occidental.

Esas ilustraciones mostraban criaturas feas y extrañas, con solamente dos brazos y dos piernas, narices de botón, dos ojos, y piel lisa horrible. En lugar del crecimiento grueso espléndido que tenía en su cabeza, ellos solo tenían un poco de pelo fino. Tal vez antes de que los habitantes de este mundo desconocido sufrieran los cambios drásticos de la evolución acelerada, ellos también habían sido monstruos como sus ancestros en la Tierra.

Leyó de nuevo la última oración en el antiguo diario: «Estoy preocupado. Hay un nuevo peligro que nos acecha. Pone en peligro nuestra existencia.»

Zinzibar cerró el libro con delicadeza. Había tantas similitudes entre lo sucedido en este planeta y la Tierra. La gran diferencia fue que las personas en la Tierra sobrevivieron. Los habitantes de este mundo al parecer sobrevivieron los efectos de la explosión, pero murieron muchas generaciones después a manos de una fuerza extraña y desconocida.

Se dirigió hacia el baño, esperanzo con ambos corazones que la Humanidad no esté en camino a sufrir ese mismo destino.

EL CUARTO DE CONTROL

Sus manos temblaban mientras jalaba del control con toda la fuerza de su cuerpo.

El sudor corría por su frente.

Las sirenas sonaban

Luces parpadeaban en el complejo panel de control frente a él.

No necesitaba ver el altímetro para saber que la tierra se acercaba cada vez más. Su estómago daba vueltas mientras miraba con horror fascinado al paisaje que daba vueltas y vueltas afuera de la cabina del piloto.

Escuchó la estática tronar en sus audífonos y luego una voz que decía con urgencia—: Por el amor de Dios, sube la nariz, estas cayendo en picada.

—¿Qué crees que intento hacer? —preguntó, la irritación en su tono de voz clara a través del micrófono de su casco. Estaba tenso, empujándose hacia atrás en el asiento acolchonado mientras sus manos agarraban el control con su desesperación. El horizonte empezó a nivelarse lentamente y ya no pudo ver el verdor de la campiña.

Las sirenas todavía gritaban como almas en pena y las luces aún parpadeaban sin cesar, indicándole que el motor principal ya no funcionaba.

Todo empezó con un punto negro que apareció de la nada. El infinito cielo azul estaba marcado con unas pocas nubes pasajeras y de repente allí estaba, una amenaza silenciosa precipitándose hacia él. Lo identifico primero en su radar cuando el monitor lo indicó ubicado en la posición de las dos en el reloj. Rápidamente levantó la mirada de sus instrumentos hacia las cuatro capas de plástico acrílico que conformaban el parabrisas de la cabina del piloto, reforzadas con titanio para resistir cualquier choque con aves mientras volaba.

Al principio no vio nada, y tuvo que mirar a la pantalla del radar para cerciorarse de no haberse equivocado. No, no se había equivocado. Allí estaba, moviéndose implacablemente hacia él. La pantalla cambió, mostrando un punto más pequeño que se separaba del primero, moviéndose a una velocidad mucho más alta. Un misil, y él era el objetivo.

—Fantasma dos a control, me están atacando. Empezando maniobras evasivas —dijo de la manera más calmada que pudo lograr.

Entrecerró los ojos para combatir el brillo del sol mientras escaneaba el cielo ya que el recubrimiento antirreflejo no era suficiente para eliminar el brillo al verlo directamente. Luego lo vio.

El punto negro se hacía más grande con cada segundo que pasaba.

—Tengo contacto visual. —Su tono de voz subió mientras más y más adrenalina corría por sus venas—. Parece ser un misil infrarrojo de aire a aire.

Giró el control al último momento y el misil lo pasó sin hacerle daño. Pero él sabía que no estaba libre todavía, por mucho.

Su cabeza se movía de lado a lado mientras buscaba qué se había hecho el misil. Hizo un giro de 90 grados y vio el misil mientras cambiaba de rumbo, dirigiéndose hacia él.

—Viene de regreso hacia mí.

La voz del control estuvo callada hasta que dijo eso. Ellos sabían que toda su atención estaba concentrada en evadir el misil. Al parecer el encargado del cuarto de control pensó que sería un buen momento para darle un consejo. —¿No puedes dispararle? ¿O al menos disparar un misil de señuelo para que te deje de seguir?

—Girando ahora para intentarlo. —Jaló de control bruscamente a la izquierda, viendo cómo esquivaba el misil nuevamente—. No es tan fácil, ¿sabes? —Intentó hablar de una manera más controlada—. Eso fue lo último que yo...

Su mundo repentinamente volcó con una explosión intensa. Casi todas las alarmas visibles empezaron a brillar y las sirenas iniciaron a gritar en sus oídos. El horizonte daba vueltas y vueltas, un momento arriba de él y al siguiente por debajo. El control se movió erráticamente por un par de segundos antes de que pudo apretar su puño a su alrededor para intentar retomar el control de la nave.

—¡Auxilio, auxilio, auxilio! Me dieron en el motor primario. —Sus ojos revisaron una sección específica del panel de instrumentación—. El motor secundario empezó a funcionar, pero también fue dañado.

Podía escuchar a los del cuarto de control gritándole, pero el grito constante de las sirenas no dejaba que entendiera lo que le decían. El altímetro giraba constantemente, indicándole qué tan rápido iba cayendo hacia el campo debajo de la nave.

Sus brazos temblaban violentamente con el esfuerzo que hacía. Después de una eternidad el suelo volvió a esta donde debía. Un enorme suspiro escapó entre sus labios y se permitió el lujo de relajarse un segundo.

Luego la voz en sus oídos subió de volumen, intentando hacerse oír por encima del grito constante de las sirenas. —Fantasma dos, responde. ¿Qué está sucediendo?

—El misil me rozó, y el motor principal ya no funciona. Voy a tener que aterrizar.

Miró hacia adelante para tener una mejor vista del terreno debajo de él al mismo tiempo que sus manos volaban sobre los controles de la nave, presionando botones y girando perillas. Miró el panel de instrumentación una última vez antes de fijar su atención en el mundo exterior. Las copas de los árboles pasaban peligrosamente cerca de él y todo empezó a temblar y girar nuevamente.

—El motor secundario ya no puede más. ¡Es ahora o nunca!

El último árbol pasó debajo de él y enfrente veía kilómetro tras kilómetro de terreno verde que se extendía hacia el infinito. Se sentía casi embriagado del alivio. No faltaba mucho, solo unos pocos metros para que las luces empezaran a parpadear como loco, indicándole que lo había logrado. Pero por el momento, el sonido de metal contra metal aumentaba, diciéndole que el motor secundario estaba a punto de tronar.

Miró hacia el altímetro – 25 metros – y de regreso al campo. Enfrente de él apareció la casa principal de una granja, acercándose rápidamente. Miró de nuevo al altímetro. Diez metros.

Movió el control hacia adelante en un intento final frenético para evadir la casa, para darle la potencia máxima a los inversores de empuje antes de chocar con ella. El grito del motor llegó a un punto máximo y el paisaje a su alrededor empezó a moverse más lento, pero no a tiempo. Instintivamente se preparó para el choque mientras se abalanzaba hacia la casa.

El tiempo pareció detenerse al momento del impacto, acompañado del golpe seco y una explosión ensordecedora. La nariz del prototipo de avión de combate Fantasma atravesó la fachada del edificio, lanzando ladrillos, madera, y concreto en todas las direcciones.

Mientras su asiento corcoveaba y encabritaba, lo último que vio antes de cerrar firmemente sus ojos fueron las dos personas frente a él, un hombre de edad media y una mujer, sus expresiones reflejando horror y sorpresa al instante que el avión chocó con ellos, mandando pedazos ensangrentados de sus cuerpos en todas las direcciones. Pero el acrílico y los refuerzos de titanio quedaron intactos.

El movimiento loco de la nave se detuvo repentinamente. Pasaron varios segundos antes de que se arriesgara a abrir un ojo, y lo que vio hizo que sonriera de oreja a oreja. El mundo más allá del parabrisas estaba quieto e inmóvil.

Escuchó que una puerta se abría hacia su derecha y una mano entró al simulador de vuelo para ayudarlo a quitarse el cinturón de seguridad. El dueño de la mano le sonrió. —Al menos esta vez no explotaste en el aire.

Miró hacia la cara arriba de él y sonrió de vuelta. —Sí, estuvo un poco mejor esta vez, ¿cierto? Pero creo que voy a necesitar un par de sesiones más en esto antes de salir en el verdadero Fantasma. Todavía no responde exactamente como yo quiero.

FALLO DE FUNCIONAMIENTO

Nota del autor:

Algo interesante de esta historia y la que le sigue en esta colección, El Hijo de las Cenizas, es que fueron escritos como historias completamente independientes. Pero cuando empecé a escribir mi novela, Timeshaft, vi cómo se podían entrelazar y extender sus tramas.

Cuando empecé a entrelazarlas rápidamente se convirtieron en la espina dorsal de Timeshaft.

Pueden disfrutar estas historias de dos maneras: leerlas independientemente o no leerlas y leer Timeshaft. Sin embargo, me he dado cuenta de que a muchas personas les gusta leer estas historias antes de leer la novela para ver si pueden encontrar cómo están relacionadas. Hasta el día de hoy, nadie ha llegado a la conclusión correcta.

Así que allí está el reto, si están dispuestos a aceptarlo.

FALLO DE FUNCIONAMIENTO

Lloyd Bradman levantó la vista con irritación de la imagen holográfica 3D cuando escuchó el primer timbrado de la video llamada.

—Justo a la mitad de Alfa-Cero otra vez.

—¿Por qué no lo pones en silencio cuando ves tu programa? —preguntó su esposa, frunciendo el ceño mientras intentaba escuchar al protagonista de la telenovela.

—Porque las llamadas pueden ser importante.

—Nunca lo son —murmuró su esposa en voz baja.

Bradman giró la silla sobre su única pata y presionó una de las decenas de botones incorporados en el brazo. La pantalla de la computadora sobre la pared cobró vida, mostrando el rostro de Walter Redbrick, gerente de la más importante empresa australiana de energía, Datateknik.

Instantáneamente se puso alerto, el sonido de la telenovela desvaneciéndose al presionar otro botón en la consola.

—Walter, ¿qué...?

—¡Lloyd! —exclamó Heather Bradman, esta vez mostrando ella su irritación. Tocó un botón similar en su propia silla para darle un poco de volumen al Holo programa en donde una nave carguera estaba despegando de una estación espacial, acompañada del ruido característico de sus motores equipados para el hiperespacio.

El rostro en la video llamada se arrugó en protesta al asalto a sus oídos producidos por el repentino volumen.

—Lloyd, tenemos un problema. —La voz de Redbrick era suficientemente recia como para hacerse escuchar sobre el ruido del programa—. Necesito que vengas de inmediato.

Bradman miró a su esposa mientras que la nave espacial se alejaba del satélite giratorio y navegaba hacia la colonia minera de caletonio ubicada en el sistema solar remoto de Pegaso Cuatro. Era la novela favorita de Bradman, una historia futurística de la estación espacial Alfa-Cero que flotaba en la ruta intergaláctico de vuelo, ofreciendo santuario a los turistas y pilotos de cargueros cansados. Cinco noches a la semana el elenco actuaba en todos los sistemas holográficos 3D de Darwin, contando su historia de la vida diaria de la gente espacial.

Una pulsación a otro botón pausó el programa en vivo y su mente se concentró en cosas más serias, a años luz de la de la trama del espacio.

—¿Qué sucede, Walter? ¿Qué fue lo que ocurrió? —preguntó mientras observaba la imagen de su jefe, seguro de que el pelo un poco largo se veía más gris de lo que recordaba cuando se vieron al salir de la oficina esa tarde.

—Hubo un fallo en el reactor principal en la planta de conversión de McDonnell. —La voz de Redbrick era urgente, intensa, su rostro expresando la tensión que sentía. Bradman sintió que le estaba diciendo las cosas poco a poco, y que lo peor estaba por venir.

Y así fue.

—Los otros reactores automáticamente empezaron a

funcionar de más para compensarlo, pero la computadora no se dio cuenta de que algo andaba mal —dijo Redbrick—. Cada uno de los reactores secundarios lentamente llegó a un nivel crítico, robándole más y más poder del reactor fallido hasta que se quedó sin nada y explotó.

El silencio de Bradman era ensordecedor.

Pasaron diez segundos, los cuales parecieron durar toda la vida, antes de que Redbrick siguiera con su relato. —Eso desencadenó una reacción en cadena. Los demás reactores estallaron, uno después del otro. No queda nada del lugar. —Dejó de hablar, su expresión una de desasosiego completa.

Bradman tragó en seco. —¿Qué sucedió con Alice Springs?

La planta de conversión McDonnell se llamaba así debido a que estaba ubicado mitad bajo la tierra y mitad adentro de la montaña en la sierra McDonnell, a 380 kilómetros de la ciudad de Alice Springs en el interior de Australia.

Redbrick asintió con un movimiento de su cabeza. —Devastó un área de aproximadamente 240 kilómetros cuadrados, pero la ciudad está bien.

—Al menos. ¿Cuándo ocurrió?

—Hace veinte minutos. Acabamos de terminar la lectura de la telemetría, por lo que sabemos lo que ocurrió. Todo está allí, hasta el preciso segundo en que ocurrió el fallo en el primer reactor y el ascenso gradual hasta llegar al punto crítico en los demás. —La voz de Redbrick era poco más que un susurro, y se le veía correr el sudor por su rostro a pesar del potente sistema de aire acondicionado con el cual estaba equipada la oficina.

La mandíbula de Bradman cayó al suelo al comprender el significado de lo que le acababan de informar. —Voy para allá.

Redbrick asintió nuevamente sin decir palabra y desconectó la llamada.

Bradman giró en su silla y se quedó mirando hacia la

pantalla holográfica, aunque no veía la escena espacial congelada proyectada allí.

Heather se estiró y le apretó el brazo. —¿No es tu culpa, verdad Lloyd? ¿El fallo?

Su mirada se desenfocó mientras se sumía en sus pensamientos, intentando buscar una razón, qué pudo haber causado un fallo tan catastrófico en una operación que él creyó era algo seguro. Dos fallos al mismo tiempo eran imposibles, pero según lo que Redbrick le comentó hubo dos. El fallo original fue en el reactor principal, y luego el sistema de alarmas que debió alertar a los operadores inmediatamente. En su mente, siguió el camino del reactor hacia el núcleo central de procesamiento. Aunque los operadores no hubieran prestado atención a los sistemas, la alarma audible debió avisar mucho antes de que los otros reactores llegaran al punto crítico.

No existía manera de que se pudiera sobrecargar el sistema tanto sin que alguien lo notara. Él y otros dos ingenieros de Datateknik crearon el proceso de conversión de energía y pasaron varios meses perfeccionándolo, instalándolo, y monitoreándolo constantemente.

A menos qué... —Sabotaje.

Los ojos de Heather se abrieron con horror y su mano apretó fuertemente el brazo de Lloyd. —¿Sabotaje? —susurró—. ¿Realmente crees que eso sea?

Bradman quitó su mano de encima de su brazo, frotando los puntos blancuzcos producidos por la fuerza con la que lo sujetó. —No lo sé —contestó irritadamente—. Solo es una conjetura en este momento.

Repentinamente la agresión se desvaneció de él y con ternura tomó la mano de su esposa. —Lo lamento —dijo en voz baja.

Ella sonrió, una expresión de compasión en su rostro. —No te preocupes, yo entiendo. Será mejor que vayas.

Rápidamente desenrolló sus mangas, tomó una chaqueta, y salió del departamento camino al elevador. Mientras bajaba los 28 pisos a la planta baja pensó en los diez empleados del turno de noche de la planta de conversión de energía, en sus esposas, ahora viudas, y en los hijos sin padres. Todo porque hubo un fallo en su sistema, un sistema que él había creído infalible y seguro.

Caminó sin parar, pasando al comisionado cruzando hacia la izquierda al salir de su bloque de apartamentos para llegar a la calle principal. Ni siquiera escuchó cuando el señor ya mayor lo saludó y deseó que tuviera una feliz noche.

La oscuridad había descendido sobre la ciudad, y a su alrededor la luz artificial brillaba de los carros voladores y de los rascacielos llenos de apartamentos en el área residencial de Darwin. Unos metros más adelante dos borrachos llamaron un taxi y se quedaron allí parados mientras observaba cómo los sobrevolaba para luego descender y aterrizar con un leve suspiro sobre los colchones de goma en su parte inferior. Bradman se mantuvo alejado de ellos y empezó a trotar una vez los dejó atrás. Llegó a la estación de teletransportación sudado y sin aliento, su voz ahogada entre boconadas de aire mientras le daba las instrucciones a la computadora, la cual debitó la tarjeta de crédito de su empresa para pagar el viaje. Había un par de personas en la estación, pero ninguno de ellos parecía ser del tipo de persona que podía pagar el lujo de viajar por teletransportación. Una pareja joven, de aproximadamente 18 o 19 años según sus cálculos, caminaban lentamente enfrente de él. Un hombre mayor con una botella café en su mano y un abrigo gris andrajoso subía la rampa hacia la puerta corrediza de dos alas.

Bradman bruscamente pasó al lado de los adolescentes, ignorando sus comentarios abusivos. No había tiempo que perder. Llevaba prisa. Era un hombre con una misión. Esas personas no debían estar allí en primer lugar, pensó. ¿Cómo podían pagar el servicio de teletransportación?

Solamente una de las alas se abrió cuando llegó a ella. Estaba acostumbrado a que ambas abrieran para dar paso a la multitud que normalmente viajaba a la hora pico, al igual que él, hacia el área comercial principal de Darwin cercano al mar. Como de costumbre, el resplandor blanco estéril del interior vacío lastimó sus ojos momentáneamente. Metió su chip de crédito en la ranura para verificar el pago y el destino del viaje.

—La estación cinco, y que sea rápido —demandó, mirando a través del panel de vidrio reforzado hacia el centro de control—. Llevo prisa.

El operador lo observó impasiblemente. —Hay algunas otras personas que vienen en camino. Lo siento, pero las tendrá que esperar.

Bradman miró irritadamente por encima de su hombro hacia los adolescentes y el viejo que subían por la rampa. Se paró en una esquina de la cabina de teletransportación, esperando que ninguno quisiera entablar una conversación con él. El viejo se ubicó en la esquina opuesta y la joven pareja se paró en el centro de la cabina. La chica giró hacia Bradman.

—Es nuestra primera vez en un teletransportador —dijo, sus ojos brillando con entusiasmo—. ¿Qué tal es? ¿Cómo se siente?

¿Cómo se sentía? Realmente, ¿cuál era la sensación de que tus moléculas fueran separadas a nivel subatómico por una computadora para luego transmitirlas por el éter y volverlas a juntar en la secuencia correcta en la cabina de su destino final?

—Espera, ya verá —contestó Bradman—. Habrá terminado antes de que se den cuenta.

Miró con enojo al operador de la cabina a través del vidrio, queriendo hacerlo moverse más rápido a pura fuerza de voluntad para que los enviaran del área suburbana del sur de la ciudad hacia la estación cinco en el norte.

«Al fin» pensó cuando el brazo uniformado del operador se levantó hacia los controles.

Al mismo instante en que vio la luz roja del transmisor encenderse y sintió la suave vibración de la cabina de teletransportación energizándose escuchó el grito de las sirenas y el colega del operador gritando —¡No los envíes! ¡Hubo un fallo!

Pero el parpadeo de las luces y el vacío lechoso que se podía ver detrás del vidrio le indicó a Bradman que era demasiado tarde. Ya los habían enviado. Inmediatamente la sirena dejó de sonar y se callaron los gritos frenéticos provenientes del cuarto de control. Ya estaban a kilómetros de distancia.

El viejo miró aprensivamente a Bradman pero los adolescentes parecían estar despreocupados, perdidos en su propio mundo de asombro y romance. Ambos miraban a su alrededor, fascinados por el vacío.

—Estamos atascados —dijo el viejo—. Atrapados en el vacío.

—¿Atrapados? ¿Qué quiere decir? —exclamó la chica, su tono de voz volviéndose más agudo con cada palabra mientras apretaba el brazo de su novio.

—Se averió —contestó el viejo de manera aparentemente alegre—. Podríamos pasar días aquí.

—¡Cállese! —exclamó Bradman, observando cómo los adolescentes se tornaban pálidos—. Ya nos reconstruyeron aquí, sea donde sea que estemos. Así que no hay nada por qué preocuparse. Estamos todos intactos.

—Pero igual sigue averiado —contestó el viejo—. Podríamos pasar días aquí. —Desenroscó la tapa de su botella y tomó un largo trago de su contenido—. Ah, mucho mejor —suspiró, limpiándose los labios con el dorso de su mano—. Ay, perdón. ¿Dónde están mis modales? —Le ofreció la botella a Bradman, quien la rechazó con un movimiento de su mano y una expresión de intenso disgusto en su rostro. El gesto noble del viejo recibió una respuesta similar de los adolescentes.

—¿Qué quiso decir cuando dijo que podríamos pasar días aquí? —preguntó la chica. Su voz temblorosa todavía se escuchaba demasiado aguda para ser normal. Bradman presentía que estaba a punto de entrar en pánico. «Por el amor de Dios, que no sea claustrofóbica» pensó.

—Sí, por días —repitió el viejo después de tomar otro trago. Eructó y Bradman sintió el olor dulce y fuerte de cidra.

—¿Qué quiere decir con eso? —preguntó la chica. Su novio la abrazó con un gesto protector, pero Bradman estaba seguro de que él también necesitaba que alguien lo reconfortara tanto como ella.

—Que estamos varados aquí hasta que puedan arreglarlo —contestó el viejo.

—¿Y cuánto tomará eso? —preguntó el joven con un leve temblor en su voz.

—Lo que sea necesario. —El viejo enroscó la tapa de su botella y la guardó en un bolsillo interior de su viejo y sucio abrigo—. Pero podría tardar días.

Bradman observó intensamente la cara vieja y arrugada del anciano y notó con disgusto que sus ojos pequeños de comadre estaban demasiado juntos, que su cabello gris estaba aceitoso y necesitaba una buena lavada, y que su barba necesitaba urgentemente ser afeitada.

—¿Qué exactamente quiere decir con eso? —demandó. A pesar de haber usado el teletransportador casi a diario durante los últimos 15 años para viajar a su oficina y de regreso, además de realizar visitas al campo, él nunca había experimentado un fallo y no tenía idea de cuánto se podrían demorar en arreglarlo.

Repentinamente sintió una oleada enorme, y poco característica, a decir verdad, de empatía por la patética pareja joven.

Se había arruinado su primer, emocionante, viaje en el teletransportador. Probablemente nunca más en la vida querrían acercarse a una cabina de teletransportación.

Pero Bradman conservó la mayor cantidad de simpatía para él mismo. Tenía que pasar tiempo con el viejo asqueroso, tiempo que no podía desperdiciar porque necesitaba estar en otra parte.

Los ojos de comadreja lo observaban en silencio.

Bradman empezaba a perder la paciencia. —Le hizo una pregunta —gruñó. Instintivamente dio un paso hacia atrás cuando escuchó un rugir en las profundidades del abdomen lleno de cidra, el cual salió como otro enorme eructo.

—¿Qué hora es? —preguntó el anciano mientras se daba unas palmaditas en el estómago después de eructar.

—¡Ahora quiere saber la hora! —exclamó Bradman. Encogió sus hombros y abrió sus manos en señal de exasperación, mirando hacia la pareja.

—No, por favor, es importante —insistió el hombre.

Bradman le echó un vistazo a su reloj digital, esperando que dijera algún momento entre las ocho y las nueve de la noche. Después de todo, solo llevaba como 20 minutos desde que salió de su apartamento, y todavía estaban pasando Alfa-Cero cuando salió.

Miró a su reloj con asombro. ¡Once minutos después de las cuatro! «No puede ser» pensó. Miró hacia el hombre, frunció el ceño, y volvió a ver su reloj. Lo mismo. Y se dio cuenta de que los segundos se habían detenido.

—No funciona. ¿Qué le hizo a mi reloj? —gritó con gran enojo.

Antes de que pudiera responder el anciano, el chico habló. —El mío tampoco. Pero no puede ser correcto. Dice que son las cuatro con once.

La chica miró a Bradman con confusión. —El mío igual.

Bradman empezó a sentirse abrumado. Los tres relojes mostraban la misma hora. La misma hora *equivocada*, las cuatro con once minutos y quince segundos. El viejo parecía estar haciendo algunos cálculos mentales, silenciosamente moviendo sus labios mientras contaba en los dedos de su mano izquierda. Levantó su otra mano cuando Bradman empezó a hablar. —No, silencio —ordenó. Habló con un nuevo sentido de autoridad evidente en su voz.

Como un tímido cordero, Bradman se quedó callado, esperando obedientemente para que terminara de hacer lo que fuera que estaba haciendo.

—Bien —dijo el hombre al final de unos momentos—. Perdón por eso, solo intentaba calcular algo, ¿saben?

Bradman no pudo controlar su curiosidad. —¿Qué?

—Todos esperaban ver las ocho y media, ¿cierto? —No parecía haber visto que Bradman movía la cabeza en señal de estar de acuerdo con lo dicho—. Sus relojes dicen que es unos minutos después de las cuatro. Una diferencia de cuatro horas y media, ¿correcto? Así que en cualquier momento... —Extendió sus brazos hacia las puertas.

Nada.

—¿Y? —preguntó Bradman luego de unos instantes.

El viejo frunció el sueño. —No puede ser que haya calculado tan mal. Ah, allí está.

Cuando habló la puerta se abrió para dejar entrar la luz del día. *Luz del día.* Bradman pensó por un segundo que había enloquecido. Ya estaba oscuro cuando entró a la cabina de teletransportación. ¿Y qué hacían todas esas personas afuera de la cabina? Docenas de personas estaban afuera en la calle, completamente inmóviles, tal cual estatuas.

Alrededor de ellos la ciudad se encontraba en un silencio inquietante. Solo que la ciudad que veían no era Darwin. Bradman la pudo reconocer gracias a tantas veces que había viajado hacia allí en el teletransportador para poder ir a la plana de conversión de McDonnell. Estaban en Alice Springs. La concurrida calle principal estaba llena de carros voladores, pero todos estaban congelados a medio vuelo. No se escuchaba nada en lo absoluto, a excepción de los pasos de los cuatro mientras caminaba.

Logró formular una pregunta a pesar de estar tartamudo debido a la sorpresa. —¿Qué sucede? Pareciera que... es como si el tiempo está congelado para todos menos nosotros.

El señor anciano frotó sus manos entre sí con entusiasmo. —Muy bien, Sr. Bradman, estoy orgulloso. En verdad lo estoy. —Bradman no se preguntó cómo era que el otro hombre supiera cómo se llamaba. De hecho, ni siquiera notó que lo llamó por su apellido. Estaba demasiado absorto tratando de entender lo que sucedía—. Eso es exactamente lo que ocurrió. El fallo en el teletransportador causó que nos quedáramos atrapados «en tránsito», por decirlo así, atrapados entre dos estaciones. En ese momento, físicamente éramos nada más que partículas de moléculas concentradas, pero nos teníamos que materializar en algún punto. Dónde nos materializamos está basado en la velocidad a la que nos estaban transmitiendo y la distancia que íbamos a viajar.

Bradman miraba atónito al mundo congelado a su alrededor. —Pero no estamos en Darwin. Estamos en Alice Springs.

—No esperaría que incluso un físico de renombre internacional como usted entendiera la ciencia temporal que explica esto. —El anciano sonaba algo presumido, como si fuera un profesor de universidad poco popular explicándole algo a un estudiante no muy inteligente—. Lo único que necesita saber es que nos movimos hacia atrás, hacia un tiempo congelado, poco después de las cuatro de la tarde en Alice Springs.

Era imposible que Bradman procesara lo que acababa de

escuchar. —¿Volver en el tiempo? —preguntó con desdén—. No hable ridiculeces. ¿Qué fue lo que realmente sucedió?

El viejo rio, hablándose a sí mismo. —Nunca lo creen. Nunca. No sé por qué me tomo la molestia de intentar explicarlo.

La pareja de adolescentes miraba hacia el cielo. Miles de metros por arriba de ellos, una aeronave se podía ver flotando en el azul oscuro del cielo.

—Ustedes me creen, ¿cierto? —preguntó el anciano.

Los dos movieron sus cabezas para mirarlo, pero sus rostros no mostraban emoción alguna.

—Olvídenlo —dijo bruscamente—. Quien me interesa que entienda es Bradman.

Bradman también lo observaba, confundido. —¿Qué nos ha hecho?

—¿Qué les hice? —Nuevamente le habló como un profesor dirigiéndose a un estudiante—. Le he dado una oportunidad única, Sr. Bradman. Eso es lo que hice. Le he dado la oportunidad de revivir unas cuantas horas de su vida para poder arreglar las cosas. ¿Ahora me entiende?

Una bombilla se le prendió en la mente y Bradman logró entender lo que quería decir. —No sé cómo o porqué, pero sí, creo que entiendo. Puedo detener el fallo ocurrido en la planta de conversión de McDonnell.

—Exactamente, Sr. Bradman. —Los ojos del anciano brillaron—. Verdaderamente, es un buen alumno. Estoy orgulloso de poder ser su mentor.

—¿Cuánto tiempo tengo?

—Hasta que puedan arreglar lo que le hicimos al teletransportador.

—¿Cuánto tiempo cree que sea eso?

—Bueno, espero que no sea hasta que haya completado su tarea.

—Pero la planta está a kilómetros de aquí, en la sierra McDonnell.

—Su transporte lo espera, señor.

Los ojos de Bradman siguieron el camino indicado por el brazo del anciano, parando en un taxi congelado al lado de la banqueta. La puerta estaba abierta y había dos mujeres congeladas mientras salían del taxi. El viejo cuidadosamente las quitó del camino y se subió. Con igual cuidado corrió al piloto igualmente congelado hacia el otro lado del asiento delantero, se sentó y empezó a mover sus dedos sobre la consola computarizada.

—Vamos, Sr. Bradman, súbase.

Al subirse al taxi, Bradman escuchó cómo se cerraba la puerta detrás de él y que el motor tomaba potencia.

—Oye, ¿y nosotros qué? —preguntó el adolescente desde afuera, tocando la ventana.

—No se preocupen —contestó el anciano—. Los pasaremos buscando cuando regresemos.

Bradman los observó a la pareja mientras el taxi subía, antes de dirigirse hacia el oeste, a la sierra de McDonnell.

Los adolescentes se quedaron mirando hacia el taxi hasta que solo era un diminuto punto en el horizonte. El silencio y quietud absoluta nuevamente descendieron a su alrededor.

—Perfecto. ¿Ahora qué vamos a hacer?

Su novio no dejaba de observar todo a su alrededor, maravillado por la imagen surrealista de Alice Springs congelada en el tiempo: carros, gente, todo sin moverse. —Es como una fotografía, un holograma 3D por el que podemos caminar.

—Mejor no nos alejemos de aquí —comentó la chica—. No queremos que nos dejen olvidados.

El joven vio de reojo que algo se movía. —Oye, hay alguien allí.

Antes de que su novia pudiera reaccionar, el corrió 20 metros a la entrada de un callejón estrecho. Tres indigentes vestidos con abrigos muy parecidos al abrigo del anciano que los acompañó allí estaban sentados contra la pared, aparentemente congelados al igual que el resto de la ciudad. Pero un cuarto indigente caminaba lenta y algo desequilibradamente hacia la salida al otro lado del callejón.

—¡Espera! —gritó el chico cuando la figura repentinamente giró hacia un lado y entró por una puerta. Se dirigió hacia la puerta, pero apenas llegó a mitad del camino cuando escuchó un grito detrás de él.

—¡Tony, ayúdame!

Giró rápidamente y vio que los otros indigentes habían atrapado a su novia. Uno sostenía sus brazos firmemente mientras que otro la inyectaba con un tipo de jeringa neumática. Ella perdió la consciencia y los tres hombres la bajaron al suelo cuidadosamente.

—¡Sara! —gritó Tony, corriendo hacia ellos—. ¿Qué le hicieron a Sara?

Los indigentes formaron una barrera entre Tony y la chica, pero eso no lo detuvo. Sin titubear se abalanzó contra ellos. Dos cayeron debajo de su peso, pero el tercero logró hacerse a un lado lo suficiente como para que no le pegara el ariete humano.

A pesar de que Tony era joven y estaba en buena condición física, no podía contra los tres porque no estaban en tan mala condición como aparentaban. Inmediatamente dejaron de actuar como borrachos débiles y mostraron ser ágiles y fuertes. En pocos segundos lograron someterlo, y uno sacó de su manchado abrigo otra jeringa.

—¿Quiénes son? —gritó Tony mientras forcejeaba ferozmente, intentando quitarse a los tres hombres de encima—. ¿Qué es lo que nos quieren hacer?

La voz de uno de los indigentes sonó sorprendentemente vibrante y joven. —No luches. No te vamos a hacer daño. Solo queremos llevarte a casa, eso es todo.

Los ojos de Tony se abrieron con horror al ver a la jeringa acercándose a su cuello. —¿A casa? Pero ¿cómo?

—Cuando despierten, estarán en la cabina de teletransportación y no recordarán nada de lo ocurrido. —Presionó la jeringa contra la piel de Tony y tiró del gatillo.

En el par de segundos antes de que hiciera efecto la inyección, Tony vio como el cuarto indigente regresaba hacia ellos, quitándose el abrigo para revelar un uniforme color azul oscuro debajo de él. Era el operador del teletransportador, quien había visto en la cabina de control en la estación de Darwin. El hombre se tornó borroso mientras Tony perdía la consciencia.

—Apúrense —dijo, aunque ya Tony casi no entendía las palabras—. Estoy listo para...

Y la oscuridad se apoderó por completo de él.

Bradman miró por la ventana del aerotaxi hacia la ciudad en completo silencio y quietud mientras se dirigían hacia el límite urbano y la campiña que se extendía alrededor, donde la planta de conversión McDonnell estaba ubicada en el corazón de la sierra.

No podía creer lo que estaba viviendo. —¿Exactamente quiénes son? —preguntó—. ¿Cómo es que pueden hacer todo esto?

El anciano movió el control para esquivar un vehículo frente a ellos que estaba suspendido tanto en el aire como en el tiempo. Miró sobre su hombro hacia Bradman en el asiento trasero.

—Digamos que estoy empleando fuerzas de la naturaleza que todavía no han comprendido como utilizar.

—¿Pero quién es usted?

—Disfrute del viaje, Sr. Bradman.

—¿Pero qué...?

—Si yo estuviera en su lugar, empezaría a pensar en cómo arreglar el fallo en su reactor —contestó mientras gesticulaba hacia el pintoresco paisaje más allá de la ventana del aerotaxi—. No tiene todo el tiempo del mundo, por mucho que pareciera que sí allá afuera. Tendrá que moverse de prisa. —Presionó un botón en la consola y subió una división a prueba de sonido, efectivamente cortando las preguntas y la comunicación.

Bradman se reclinó contra el respaldo y empezó a imaginarse el tablero principal de circuitos del reactor. Pero aunque lo intentaba, no se podía concentrar. Primero, por la explosión causada por un fallo, bueno, probablemente dos, en el sistema que él había dicho que era completamente seguro. De hecho, la cantidad de seguros que incorporó al sistema era legendario entre sus compañeros directores de Datateknik porque pensaban que había exagerado. Segundo, porque lo que estaba sucediendo era imposible de creer. Por unos segundos seriamente considero la posibilidad de que estuviera soñando, que todo era una pesadilla. Pero podía recordar claramente todo lo que hizo durante el día, lo que comió para el almuerzo y la cena, las citas que tuvo y la gente con quien habló. Y justo antes de salir de la oficina había hecho la promesa final a Walter Redbrick que los resultados de la prueba que duró un mes del funcionamiento en vivo del prototipo de reactor estarían listos en dos días. No, definitivamente no soñó eso.

¿Se habrá quedado dormido mientras miraba Alfa-Cero? Estaba seguro de que no. Se quedó viendo a través de la partición a la cabeza del viejo, notando cómo los mechones grasosos de pelo colgaban sobre el cuello de su camisa.

Nuevamente vio por la ventana. Las señales de civilización se iban raleando mientras el aerotaxi viajaba hacia el suroeste de Alice Springs. En unos pocos momentos estarían sobrevolando la tierra desolada, los edificios imponentes convirtiéndose en puntos pequeños en el horizonte.

Eventualmente llegaron a la orilla de la sierra McDonnell, donde el terreno plano e inhóspito empezaba a ondular y convertirse en colinas y montañas. Bradman había hecho ese viaje en varias ocasiones, pero nunca bajo unas condiciones tan extrañas. Todavía le costaba creer que afuera de los confines del aerotaxi el mundo entero estaba aparentemente congelado en el tiempo, y que él viajaba para intentar prevenir un cataclismo que ya ocurrió.

Pero no, no había ocurrido. Aún no. Al menos no en este momento en el tiempo, cuatro horas en su pasado. Pero en su presente, sí ocurrió. Intentó controlar sus pensamientos y con todas sus fuerzas relegó esas paradojas inexplicables a las profundidades de su mente. El reactor. ¿Qué causó que el reactor dejara de funcionar, y porqué el sistema de monitoreo no alertó a los operadores? La manera más rápida de saber qué sucedió sería correr el programa de autodiagnóstico, pero eso llevaría algo de tiempo. ¿Habría otra manera de hacerlo?

Bajo el experto control del anciano desaliñado el aerotaxi navegó entre los cerros hasta llegar al Monte Solar, el nombre no oficial que el grupo de trabajo de Datateknik le dio a la montaña donde trabajaban. El vehículo subió hasta una saliente a 100 metros de altura. El silbido de los soportes hidráulicos sonó al aterrizar, y el conductor presionó dos botones para abrir la puerta delantera y trasera antes de bajarse del vehículo.

Bradman también salió del taxi. Su compañero señaló una

pequeña hendidura en la superficie de la montaña. —Creo que usted es el que tiene la llave para abrir.

La voz de Bradman expresó un profundo sarcasmo. —Sí, por supuesto. Claro que le abriré la puerta. —Tomó un par de segundos más para observar el paisaje. Nada se movía. No había nada ahí que se moviera.

El señor subió su manga e hizo un movimiento exagerado para mirar su reloj. Algo en ese movimiento sencillo hizo que sonara la alarma interna de Bradman, pero no tenía idea de por qué.

—Sr. Bradman, por favor. —Al parecer el anciano empezaba a preocuparse más y más por rectificar el problema a tiempo.

—¿Puede ayudarme a encontrar qué sucedió? —preguntó Bradman—. Podría necesitar que me ayuden una vez estemos adentro. Será más rápido si los dos lo hacemos.

El anciano sacudió su cabeza. —Desafortunadamente, no. Si pudiera, no necesitaría su presencia aquí. Lo hubiera hecho yo mismo, pero desafortunadamente no tengo suficiente conocimiento de su proceso. Usted es el experto, y me han dicho que es el único que tiene posibilidad alguna de lograrlo.

Bradman lo miró cínicamente antes de insertar su chip de identificación en la hendidura. Inmediatamente una sección pequeña de roca, aproximadamente del tamaño de una tableta se corrió para revelar una pantalla opaca. Bradman presionó la palma de su mano derecha sobre la pantalla, activando los circuitos de voz de la computadora.

—Hora de acceso: cuatro con once minutos y quince segundos, el 30 de julio del 2345 —dijo la computadora con una suave voz femenina de acento neutro—. Personal: Bradman, Lloyd Timoteo Miguel. Puesto: Director de Energía Datateknik. Huella verificada. Acceso permitido.

Un panel de aproximadamente tres metros cuadrados se

deslizó hacia un lado con un zumbido electrónico. Adentro se podía ver un corredor blanco iluminado por lámparas ocultas en el techo.

Una vez entraron, la puerta se cerró detrás de ellos, y el único sonido que se escuchaba era el golpe de sus zapatos sobre el piso metálico mientras caminaban hacia el elevador. Hizo un gesto para que el hombre entrara primero. —Vamos a bajar al piso 87.

Bradman esperaba que hubiera suficiente tiempo para que la computadora pudiera correr el programa de auto diagnóstico. La pregunta de su acompañante interrumpió sus pensamientos. —Me han dicho que su proceso de conversión energética es un concepto espectacular. ¿Cómo fue que se le ocurrió?

A Bradman le encantaba hablar acerca de su tema favorito, y en especial su papel en construir el actual sistema de reactor experimental, pero solo lo podía conversar en ciertos círculos. Una de las razones por la cual el proyecto estaba escondido debajo de una montaña en la campiña australiana era porque el proyecto entero se consideraba como clasificado. Solamente unos cuantos oficiales de alto rango en el gobierno sabían que existía. Y Bradman sabía que cuando se volviera de conocimiento general las industrias de energía solar y de hidrógeno estarían totalmente en contra. Bueno, si su misión de prevenir la incipiente tragedia no era exitosa entonces todo el mundo se enteraría en unas cuantas horas, lo que sería el fin para el esquema revolucionario de conversión del viento solar de Datateknik. Y este hombre, aunque algo desagradable, lo estaba ayudando. ¿Qué daño podría hacer hablarle un poco?

Miró hacia el indicador del elevador. Unos pocos segundos para llegar al piso 87.

—Bueno, la idea es convertir el viento solar en una forma casi ilimitada de poder —dijo.

—Pensé que ya se usaba ese recurso, Sr. Bradman.

—¿Perdón?

—Se han usado celdas solares para convertir la luz solar a energía eléctrica por más de 300 años. ¿Qué tiene de especial su proceso?

—Luz solar, sí. Eso le ha dado energía eléctrica a hogares e industrias durante siglos a través de semiconductores individuales. La mayoría de los satélites en órbita alrededor del mundo usan la luz solar como su fuente de energía. La mayor parte de la energía que la Tierra recibe del sol es en la forma de luz y otros tipos de radiación electromagnética, lo que se usa para generar calor o electricidad. Pero el tipo de celda solar que se usa aún hoy es demasiado costosa e ineficiente como para que sea utilizada en una escala global. Sin embargo, el viento solar es algo totalmente distinto—. Casi imperceptiblemente el elevador se detuvo en el piso 87, miles de metros debajo de la tierra. La puerta se abrió y Bradman salió, indicando que debían cruzar a la derecha—. El viento solar es una corriente de partículas ionizadas que se origina en la corona del sol y es liberada de la atmósfera superior, pero es muy inestable. La dirección y velocidad varían considerablemente, y muy frecuentemente ráfagas que viajan a velocidades altas chocan con los que viajan más lento. Estas variaciones de velocidad pegan contra el campo magnético de la tierra y pueden producir tormentas en nuestra magnetósfera.

—¿Magnetósfera? —preguntó el anciano.

—La magnetósfera es una barrera que desvía estas partículas. Pero a veces logran penetrar esta región y pueden causar interferencia en las señales de radio. De vez en cuando estas tormentas son tan severas que pueden causar fallos en las redes eléctricas mundiales.

—¿Eso fue lo que causó el apagón mundial en el 2310?

—Sí, absolutamente correcto. También el apagón australiano en 2335, y muchos otros a través de los años. Pero si se puede aprovechar de la manera debida, el viento solar se puede usar de manera comercial para energizar al mundo entero.

—Nuestro proyecto se enfoca en canalizar y emplear el viento solar. Hay varios dispositivos de recolección y canalización en la cima de esta montaña que recolectan esa energía y la conducen a una serie de reactores subterráneos...

—Donde luego lo convierten en la fuente energética de menor costo que la Humanidad ha visto en toda su historia —interrumpió el anciano—. Pero ¿a qué costo? ¿Qué daño ambiental produce?

—Ninguno. Además de ser la fuente energética de menor costo, también es la más segura, más limpia, y con menos impacto ambiental. Una fuente de energía barata e ilimitada.

—¿Está completamente seguro? Eso fue lo que dijeron acerca de la energía nuclear a mediados del siglo XX. Dijeron que la energía nuclear sería el principio de una era dorada para la humanidad, que el costo de la energía sería tan bajo que no valdría la pena monitorearla.

«Obviamente ha estudiado muy bien la historia mundial» pensó Bradman.

—Pero ¿qué fue lo que realmente sucedió? —preguntó el anciano con una mueca de desdén en su rostro. Sostuvo la mirada de Bradman sin apartar la vista—. Hubo varias catástrofes nucleares, ¿cierto? Y aquí ya tuvo su primera catástrofe, y ni si siquiera han salido de la fase de pruebas.

—Sí, pero gracias a su ayuda – sea como sea que lo está haciendo – podemos corregir el problema y asegurarnos de que no vuelva a suceder. Ah, ya llegamos —contestó Bradman. Estaban frente a una puerta al final del corredor que se abrió para mostrar el cuarto de control del reactor. Normalmente el área estaba altamente vigilada, pero ahora el personal del turno de día estaba inmóvil frente a sus estaciones. Nuevamente Bradman se preguntó cómo fue que el fallo, sin importar la razón que lo causara, no fue detectado a tiempo.

Quitó a un científico congelado de su puesto enfrente de uno de los monitores de telemetría y se sentó en su lugar. Presionó la tecla para regresar la computadora a la pantalla de inicio y luego, usando una combinación de comandos en el teclado e iconos de la pantalla, inició el programa de auto diagnóstico del reactor principal, notando con consternación de que tomaría al menos 40 minutos para que terminara de correr.

El anciano se mantuvo parado en la parte trasera del cuarto, revisando su reloj. Cada vez que lo veía se ponía más agitado. Un pensamiento errante atravesó la mente de Bradman, el recuerdo de que en la cabina de teletransportación el anciano de había preguntado qué hora era. ¿Por qué le preguntó la hora si él tenía un reloj? El pensamiento se disipó y Bradman se volvió a concentrar en la computadora.

El diagnóstico revelo unos cuantos errores menores en el sistema, los cuales reparó automáticamente, pero siguieron corriendo los minutos extra fuera del flujo normal de tiempo dados por la figura enigmática del anciano.

—¡Allí está! —gritó Bradman, señalando a la pantalla y pausando el diagnóstico—. Una varilla de control dañada. —Sus hombros se encogieron en señal de derrota—. No tenemos un repuesto aquí. Nunca hemos tenido problemas con las varillas. Tendré que regresar a Darwin para conseguir el repuesto.

Nuevamente el viejo con aspecto de indigente miró a su reloj y luego sacudió su cabeza. —No, Sr. Bradman. Ahora pide demasiado. No tiene tiempo para reemplazarla.

—¿Entonces por qué diablos me trajo? —gritó Bradman—. Pensé que venía a arreglar el problema, para prevenir la explosión. —Se dejó caer sobre la silla, derrotado—. Si no puedo reemplazar la varilla, no puedo detener el desastre.

—Sí puede.

—No puedo. ¿Acaso no entiende? La varilla es la causa de la reacción en cadena. Está dañada y no la puedo reparar. Tiene que ser reemplazada.

—No necesariamente —contestó el anciano mientras sacaba la botella de sidra de sus bolsillos aparentemente sin fondo—. ¿No hay otra manera de impedir que los reactores lleguen al punto crítico?

—No, no lo hay. —En un segundo se le iluminó la cabeza—. Excepto... el sistema de alarmas.

El anciano guardó la botella nuevamente. Al igual que cuando salieron de la cabina de teletransportación, frotó sus manos y su voz tomó un tono de instructor paternalista. —Por supuesto, Sr. Bradman. Realmente estoy orgulloso de ser su mentor. Lo que debe hacer es asegurarse de que el sistema de alarmas está funcionando de la manera correcta, que los operadores se den cuenta de que algo anda mal. Si ellos lo saben, pueden prevenir las explosiones, ¿cierto?

Los ojos de Bradman brillaron. —Sí, por supuesto. Y no habría problema con eso porque aquí tenemos varios repuestos por si el circuito falla. —Zafó un panel en la placa madre y removió el núcleo central del sistema de alarmas, examinándolo cuidadosamente—. No veo que haya señal de uso excesivo o alambres sueltos.

—Pero va a fallar en algún momento durante la siguiente hora —contestó el anciano—. Ponga el circuito nuevo. De prisa, antes de que arreglen el teletransportador y nos saquen de esta burbuja en el tiempo.

—Sí, por supuesto. Los circuitos extra están aquí. —Bradman se dirigió hacia un área de almacenamiento, pero el anciano lo agarró del brazo para detenerlo.

—Solo una pregunta, Sr. Bradman. En este momento, la computadora no puede detectar de ninguna manera el fallo en el reactor, ¿cierto?

—Exacto. —Por primera vez Bradman vio el destello malvado en los ojos de comadreja del anciano. Demasiado tarde vio que la otra mano del viejo estaba levantada sobre su cabeza, sosteniendo la vacía botella de sidra. Con una fuerza alarmante, el anciano le pegó en la sien a Bradman, y él vio estrellas antes de caer inconsciente al suelo, los fragmentos de la botella explotando a su alrededor.

El anciano miró al cuello roto de la botella que aún sostenía en su mano. —La manera antigua siempre es mejor —comentó—. Igual de eficiente como las nuevas jeringas neumáticas.

Bradman hizo una mueca de dolor cuando el médico le aplicó un poco de ungüento en el hematoma sobre su sien. —No lo entiendo, Walter.

—No te preocupes, Lloyd. Al menos estás bien, aunque tienes un moretón en la cabeza. Seguramente te pegaste muy fuerte contra la pared cuando al fin se materializaron.

Desde que recuperó la consciencia hace unos momentos, Bradman intentaba entender qué había sucedido. —¿Cuánto tiempo pasamos atrapados en el limbo?

—Casi tres horas —respondió Redbrick.

«Suficiente tiempo como para viajar a McDonnell y desconectar el circuito del sistema de alarmas» pensó desdichadamente. Su mente empezó a ver con claridad lo sucedido. —El anciano. ¿Qué le pasó al anciano?

Redbrick lo miró con una expresión confundida. —¿Qué anciano?

Ahora Bradman era el confundido. —El anciano que estaba en el teletransportador.

Redbrick sacudió su cabeza. —No había un anciano, Lloyd. Solamente los dos adolescentes y tú.

Esas palabras conmocionaron a Bradman, y su cabeza daba vueltas. Cierto, sus pensamientos todavía estaban algo revueltos, pero no tan revueltos. ¿No estaba el anciano? No tenía sentido. —Pero él estaba allí con nosotros —protestó.

Redbrick le puso una mano sobre su hombro. —No te preocupes, Lloyd. Es por el golpe que te diste en la cabeza.

—Pero los chicos lo vieron también. Fueron a Alice Springs con nosotros.

Redbrick encogió sus hombros. —Ya hablamos con ellos. No mencionaron a alguien más. Dijeron que eras la única otra persona en la cabina con ellos. Y Lloyd, no fueron a Alice Springs. Se materializaron en la estación cinco en Darwin.

La mente de Bradman continuaba dando vueltas. —Pero, el anciano... ¿qué le habrá pasado? —preguntó. «Si es que realmente estuvo allí» comentó una vocecita interior que no se escuchó nada convincente.

—También hablamos con el operador del teletransportador. —Walter Redbrick intentó que sus palabras fueran lo más gentil y calmante para no alterarlo más—. Nos dijo que solo iban ustedes tres en ese viaje.

—Pero el viejo iba en el teletransportador también —insistió Bradman—. Estaba allí. Me llevó a McDonnell y... —No terminó la oración cuando un pensamiento aterrador se le ocurrió y empezó a sudar en frio—. Oh, Dios, no —exclamó, su rostro angustiado mirando a Redbrick. Hizo a un lado el brazo del médico para poder levantarse—. En la video llamada me dijiste que la lectura de la telemetría detectó el momento exacto del fallo en el reactor.

Redbrick asintió con un movimiento de su cabeza. —Así es, Lloyd. Parece que la varilla principal de control se dañó a un cuarto para las cuatro, pero no habría suficiente sobrecarga en los otros reactores como para activar el sistema de alarmas hasta mucho después. Desafortunadamente, el circuito que controlaba el sistema de alarmas falló también.

Bradman sintió que se iba a desmayar. —¿A qué hora se desactivó el circuito de las alarmas? —preguntó, aunque ya sabía la respuesta.

—Como a las cuatro y diez, creo.

Tenía que ser más preciso que eso. Todavía podía escuchar al joven decir que su reloj se detuvo a las cuatro y once, y recordó su propia incredulidad de que los relojes de todos se hubieran parado a la misma hora equivocada. También era la hora que la computadora registró su acceso al sitio de McDonnell.

—¿Sabes el minuto y la hora exacta?

Redbrick lo miró con confusión nuevamente. Sacó su tableta y revisó un archivo. —Sí, aquí está registrado. A las cuatro con once minutos y quince segundos.

EL HIJO DE LAS CENIZAS

Con cada semana que transcurría, participar en el ritual se volvía más difícil, y él solo la idea de tener que caminar por el campo abierto hasta los pilares imponentes del círculo de piedra le infundía temor.

Cuando el Sacerdote y el Adivino extendieron sus brazos hacia el cielo para alabar al Omnisciente y Omnipotente por brindarles los siguientes siete amaneceres sintió que los ojos de todos a su alrededor estaban enfocados en él, que todos sabían de su pecado.

Pero ¿cómo iban a saberlo? El secreto lo guardaba en lo más profundo de su corazón. Laoni era la única que lo sabía, pero él se preguntaba cuánto más tardaría antes de que su cuerpo empezara a cambiar debido al niño que crecía en su interior. Entonces su culpabilidad sería obvia a todos los pobladores de la aldea.

No fue el resultado de una desobediencia deliberada sino que fue un acto impetuoso, pero sabía que los Ancianos no lo verían así. Laoni lo sabía también. La expresión aterrorizada de su esposa cuando confesó el problema estaría grabada en su mente por toda la eternidad.

Allí fue cuando su pesadilla empezó.

El sol estuvo fuerte ese día, y durante el último par de horas Jontil empezó a pensar más y más en cuánto disfrutaría una o dos jarras de la cerveza tipo ale que Laoni era una experta en elaborar. Terminó sus labores cuidando a los animales e inició la corta caminata de regreso a casa a través del pequeño bosque que separaba los tres acres de su granja del resto de la aldea.

Cuando pasó el último árbol el paisaje se abrió ante él, plácidamente extendiéndose hasta llegar a donde el suelo se encontraba con el cielo. Miró hacia las casas pequeñas que adornaban las laderas del rio, el cual merodeaba por el valle y seguía hasta perderse en el horizonte.

Laoni le había prometido que esa noche cenarían la tierna carne de un cordero, y el humo grisáceo que emanaba de la chimenea en el techo de su choza le indicó que la comida ya se estaba preparando. Muchas otras chozas también tenían humo saliendo de sus chimeneas. Él no sería el único que comería carne esa noche.

Sintió que algo estaba mal al instante de partir la cortina de cuentas que colgaba en la entrada y poner pie dentro del interior oscuro y fresco de su hogar.

—Laoni, ¿por qué están cubiertas las ventanas? Todavía hay luz afuera.

En lugar de contestarle, ella se mantuvo de cuclillas al lado del fuego, su espalda hacia él, dándole vuelta a la carne. Normalmente ella corría a él para saludarlo y abrazarlo con entusiasmo, pero ese día no fue asís.

—¿Laoni? —preguntó, observándola. Se dio cuenta de que sus hombros temblaban un poco y una ondulación corría por su pelo liso de color negro, como si moviera su cabeza de arriba hacia abajo con rapidez. Luego se dio cuenta de que estaba sollozando en silencio, su cuerpo completo temblando por la fuerza de su llanto.

Corrió hacia ella y ella se paró y se giró para verlo. Sus ojos color café oscuro estaban rojos e inflamados y su respiración era entrecortada. Él la abrazó y empezó a acariciarle el pelo para intentar calmarla.

—Vamos —susurró en su oído—. ¿Qué pasa? ¿Qué sucedió?

Ella se apartó de él y corrió hacia la entrada, moviendo la cortina de cuencas hacia un lado y observando la luz del sol que se iba convirtiendo en penumbra. Luego caminó hacia el área principal de la choza, la cual también estaba a oscuras. Ella también había puesto una cubierta sobre la ventana de ese cuarto.

Él se quedó parado en silencio, esperando que ella le contara qué le estaba molestando.

Entre sollozos logró decir —Oh, Jontil, ¿ahora que vamos a hacer?

—Pero ¿qué sucede? —repitió, sonriéndole para tratar de asegurarle de que fuera lo que fuera, lo enfrentarían juntos.

Ella lo miró con una expresión de miedo y resignación y lentamente sacudió su cabeza. Parecía como si las palabras luchaban por salir pero ella intentaba suprimirlas desesperadamente.

—Te lo he querido decir... —Se detuvo y giró la cabeza, mirando fijamente a la pared.

Pasó una eternidad antes de que Jontil aceptara que era necesario ayudarla para sacar lo que callaba. Puso su mano debajo del mentón de ella y la abrazó con gentileza. —¿Decirme qué, amor?

—Es que nunca parecía el momento adecuado. Siempre tuve miedo. Sigo teniendo miedo, Jontil, mucho miedo.

Su corazón se partía al verla en tal estado. Mientras sus dedos acariciaban suavemente su largo pelo oscuro, él frunció el ceño, intentando pensar en qué le podría haber causado tanta molestia. —Dime, Laoni —dijo con suavidad—. Por favor, dime. No puedo ayudarte si no sé qué sucede.

Ella respiró profundamente y luego sostuvo la respiración durante más tiempo de lo que era confortable, causando que su rostro se tornara rojo. Cuando eventualmente logró hablar, las palabras salieron a borbotones en una confusa explosión.

—Jontil, por favor, no te enojes conmigo. Te amo tanto, y nunca haría nada para hacerte daño o ponerte en peligro. Lo sabes, ¿cierto? Me iré de la aldea o me suicidaré, así nadie lo sabrá. Oh, ¿qué voy a hacer ahora? ¿Qué...?

—Oye, tranquila. Vamos, cálmate y dime qué sucede. —Su humor tan oscuro y deprimido era muy inusual, y la histeria que la tenía presa era completamente fuera de lo característico para ella. Jontil intentó abrazarla con más fuerza, pero ella se apartó de él y tomó un par de pasos hacia atrás.

Respiró profundamente de nuevo y finalmente dijo lo que la molestaba. —Jontil, estoy embarazada. Vamos a tener un bebé.

Algo causó un respingo en su mente, pero sus pensamientos instantáneamente se llenaron de lo que él suponía era la euforia normal de un hombre al enterarse de que iba a ser padre, y empezó a reír.

—¡Un bebé! —exclamó—. ¡Pero eso es maravilloso! ¿Por qué tantas lágrimas? ¿Por qué estás tan preocupada? ¿Pensaste que me iba a enojar? Estoy más que feliz. Es una noticia maravillosa

Ella tapó la boca de él con su mano. —¡Shhh! ¡Cállate! —Su voz era baja, insistente.

Pero Jontil nuevamente rio mientras suavemente alejó sus

dedos de su rostro. —No entiendo por qué estás tan preocupada. —Su mente giraba con una multitud de pensamientos alegres y llenos de asombro. Iba a ser un papá.

Las facciones suaves y delicadas del rostro de Laoni estaban manchadas por ríos de lágrimas, y ella sacudió su cabeza con urgencia, su expresión reflejando una mezcla de temor y frustración. —Jontil, *piensa*. Llevo casi tres meses de embarazo. El bebé nacerá en el prohibido segundo trimestre del año nuevo. Vamos a tener un hijo de las cenizas.

Esa sencilla frase le pegó con toda la fuerza de un mazo. Un par de segundos en los que parecía estar entumecido lo dejaron sembrado en el lugar, dándole a ella la oportunidad para abrazarlo con fuerza.

Él la empujó para alejarla como si repentinamente lo quemaba. —Dios mío. El segundo cuarto del año. *Un hijo de las cenizas*. ¿Estás segura? —Su felicidad anterior ante la idea de ser un papá se evaporó en un segundo.

Laoni caminó un par de pasos para separarse de él. Se veía pequeña y vulnerable. Dejó caer su cabeza y sus hombros, mostrando su tristeza. —Estoy segura. Lo he estado durante semanas. Traeremos deshonra a la aldea. —Con cada palabra, su voz subía de tono y de intensidad, llegando al borde de la histeria—. Será lo...

—Está bien, está bien. —Jontil extendió sus brazos para abrazarla nuevamente antes de que el significado de lo que acababa de decir penetrara en su cerebro. La giró para verla de lado, observando su vientre con intensidad. No se podía ver nada excepción de una costura nueva al lado de su túnica, lo que indicaba que la había aflojado un poco.

—Si lo sabías desde hace semanas ¿por qué no me lo dijiste? Me hubiera dado tiempo de pensar en algo.

—No te preocupes —contestó, sonriendo a pesar de las lágrimas. Empezaba a recobrar la compostura ahora de que había compartido su secreto—. Si tengo cuidado, no se notará todavía.

Jontil miró hacia el techo, su mente llena de pensamientos caóticos y desenfrenados. —¿Por qué no me lo dijiste antes? —preguntó de nuevo—. Tienes que quedarte dentro de la casa, y yo diré que estás enferma. —Repentinamente la tomó de los hombros y la sacudió—. ¿Acaso no sabes lo que significa? Nos van a ejecutar. Lo que hemos hecho es una blasfemia, un pecado contra el Omnisciente y Omnipotente. Hemos pecado contra Dios. —Ahora era el turno de él de entrar en pánico.

Cerró los ojos, recordando cuando todos en la aldea fueron despertados por los Destructores del Mal quienes cabalgaron hacia la choza de sus amigos Brantis y Leila para llevárselos al círculo de piedras. Al día siguiente un zumbido lleno de expectativas llenaba el aire durante la caminata semanal hacia el lugar de dar gracias. Brantis y Leila fueron llevados al centro de la reunión masiva. La ira del Adivino casi lo consumió durante su sermón acerca de quebrantar la regla dorada de su civilización: concebir un hijo que, si se le permitía nacer, entraría al mundo durante el prohibido segundo trimestre del año, *un hijo de las cenizas*.

Jontil se estremeció al recordar cómo alzó su voz en contra de sus amigos, cómo estaba lleno de odio e indignación cuando se sumió a las demandas de que los apedrearan hasta morir para cumplir con las antiguas leyes. El Sacerdote pidió algo de calma cuando él inició el rito de apedreamiento, recordándole a todos los presentes del pecado que Brantis y Leila habían cometido.

El Sacerdote levantó sus manos hacia el cielo y su voz sonó con fuerza y seguridad mientras repetía las palabras que se usaban durante el ritual de purificación. —Todo empezó hace mucho, mucho tiempo, en los días antes de que el mundo muriera, en los días antes de que el Omnisciente y Omnipotente reconstruyera el mundo usando su magia. Antes de que el

Gran Fuego, impelido por los Vientos de Destrucción arrasara con nuestra tierra. Nuestro hogar no era como lo ven hoy en día. La humanidad murió por su propia mano, víctima de su propio ingenio. El mundo estaba lleno de monstruos mecanizados, de enormes pájaros metálicos que podían llevar a las personas en sus cuerpos de una tierra a otra.

»El mal y la crueldad controlaban las vidas de los hombres en todo el mundo. Había muchos Adivinos falsos, cada uno proclamando que podían leer los mensajes de los cielos, tal como nuestro Adivino – el único y verdadero – lo puede hacer hoy. Nuestro Adivino lo puede hacer porque su poder proviene del Omnisciente y Omnipotente. El poder de esos charlatanes antiguos era falso y lleno de maldad, e iba en contra de las Ordenes Sagradas de ese tiempo.

»Después de que el fuego consumió la maldad de la tierra, nuestra civilización resurgió de entre las cenizas y el Omnisciente y Omnipotente decretó que tal catástrofe nunca regresaría a la Tierra. Bendijo a la familia del Adivino con el poder hereditario para interpretar verazmente los signos de los cielos, para que la humanidad fuera prevenida durante todo el resto de la eternidad. Ese poder asombroso y terrible se ha pasado de generación en generación hasta llegar a nuestro Adivino hoy, quien continúa con las tradiciones de sus antepasados.

»Su poder, guiado por el Omnisciente y Omnipotente, ha decretado la perdición de nuestro antiguo hermano Brantis y antigua hermana Leila por concebir un niño cuyo nacimiento caería en el prohibido segundo trimestre del año, el trimestre mortal cuando las cenizas cayeron sobre la tierra debido al Gran Fuego, impulsado por los Vientos de Destrucción. ¡Han pecado en contra de todos!

Su voz aumentó de volumen e intensidad cuando preguntó —¿Quieren un Hijo de las Cenizas entre nosotros?

La multitud reunida contestó como un trueno, todos alzando la voz. —¡No!

—¿Quieren un niño corrompido por la Marca de la Ceniza?

—¡No!

—El día de la ceniza, el momento cuando las cenizas empezaron a caer, es un tiempo de maldad y crueldad en nuestra historia, causada por los pecados de nuestros antepasados en el viejo mundo. ¿Queremos un recordatorio constante de esos días oscuros?

Recibió la respuesta según el ritual —Sin recordatorios, no queremos un Hijo de las Cenizas.

Nuevamente Jontil se estremeció, recordando cómo él fue uno de los primeros en lanzar piedras a los cuerpos atados e indefensos de sus amigos, y cómo él fue uno de los que levantó una antorcha para quemar la choza donde vivían hasta que solo quedaron las cenizas.

Los días pasaron, convirtiéndose en semanas. Él se imaginaba que los demás murmuraban detrás de su espalda y lo miraban de reojo. Seguramente todos se preguntaban por qué Laoni ya no salía de su casa. Desde que Laoni le dijo que iban a tener un hijo de las cenizas, él sabía que si no podían mantenerla apartada exitosamente durante los siguientes dos trimestres entonces ellos sufrirían el mismo castigo que Brantis y Leila.

Pero ¿qué pasaría después de que el niño naciera? Tendrían que esconderlo también, hasta tal vez matarlo. Después de todo, los hijos de las cenizas estaban marcados con la marca de la ceniza, un recordatorio no deseado del pasado de la humanidad, de ese tiempo hace tantos años cuando sus ancestros causaron que las cenizas cayeran sobre la tierra, destruyendo todas las civilizaciones alrededor del mundo. Esa historia se había repetido durante generaciones sin fin.

¿Cuánto tiempo más podrían seguir ocultando su culpabilidad? *¿Cuánto tiempo más?*

La oscuridad pronto soltaría su dominio sobre los alrededores cuando Jontil se unió al grupo de hombres, mujeres, y niños que hacían el peregrinaje semanal para efectuar el ritual de agradecimiento al amanecer. Con consternación vio que uno de los dorados, Mastron, se dirigía hacia él. No tenía como escapar. Estaba demasiado cerca del círculo de piedras como para desviar su camino. En pocos segundos Mastron empezó a caminar a su lado, manteniendo el paso. Luego dio voz a la pregunta esperada: —¿Otra vez Laoni no viene contigo, Jontil?

—¿La ves aquí? —contestó de mala gana, manteniendo su cabeza agachada para evitar la mirada penetrante de los ojos azules que lo observaban.

Mastron rio amigablemente ante tal respuesta tan indignada y levantó las manos en señal de tregua. —Está bien, está bien. Solo estamos preocupados porque no la hemos visto en un buen rato.

Jontil miró a su alrededor para ver si alguien más los estaba escuchando, pero todos los demás estaban muy entretenidos con sus propias conversaciones. —Lo siento. —Siguió hablando con lo que él esperaba era un tono más despreocupado—. Es solo que todavía está enferma. Tiene el dolor del fuego alrededor de su corazón. —Por lo menos esa parte era cierta. La nausea matutina la hubiera mantenido confinada a su casa aún si su hijo no nacido no tuviera una sombra de vergüenza sobre él.

—Ya veo —contestó Mastron, pero Jontil se preguntó si realmente entendía—. Dile de mi parte que espero que mejore pronto. —Y con eso Mastron lo dejó, dirigiéndose a un grupo de cinco amigos que reían entre sí mientras caminaban entre los pilares exteriores del círculo hacia el suelo sagrado en el interior.

Como de costumbre, la tarima de madera en la extrema derecha del área estaba adornada con ofrendas de fruta, vegetales, y carne salada. Hoy le tocaba traer la ofrenda a las personas que tenían entre 40 y 50 veranos. La siguiente semana el honor sería de los aldeanos que no habían cumplido los 21 veranos, y Jontil ya tenía listo el corte de carne salada que pensaba llevar.

Miró a la multitud que llenaba el área entre los pilares. Todos vestían el mismo tipo de túnica color café claro, algunos descalzos y otros con sandalias amarradas hasta las rodillas. Si el uniforme unicolor no era suficiente, casi todos tenían el pelo oscuro como la medianoche, cayendo en copiosas ondas a sus hombros sin importar si eran hombres o mujeres. Esparcidos entre el mar de uniformidad había una isla ocasional de pelo rubio, como el de Mastron y el propio Jontil.

El sol llevaba varios minutos arriba del horizonte. Sus rayos penetraban entre los enormes pilares de piedra, acercándose al antiguo candelabro de cuatro brazos. En el momento exacto que la luz del sol tocó el candelabro se abrieron las cortinas, las cuentas del intricado diseño sonando una contra la otra, dando paso al Sacerdote y al Adivino con sus vestimentas repletas de joyas. La luz acentuaba los destellos de rojo, dorado, verde, amarillo y azul que se movían sobre sus sotanas blancas. El Adivino se quedó parado mientras que el Sacerdote dio cuatro pasos hacia el frente y abrió los brazos, señalando hacia el cielo.

Dejó caer su cabeza hacia atrás y soltó un grito ensordecedor. —El Omnisciente y Omnipotente, le damos las gracias por permitir el amanecer de los siguientes siete días.

La voz de Jontil se unió a la respuesta de la congregación,

aunque a sus oídos sonó más dura y estridente de lo normal. —Día del sol, día del sol, le agradecemos por el día del sol.

Su mente pensó en Laoni, sola en su casa, pero las palabras aún fluían. Al igual que la multitud de aldeanos dentro del círculo de piedras, él no necesitaba pensar en la respuesta apropiada para ritual semanal de agradecimiento. Sus respuestas eran totalmente automáticas ya que había participado en esa ceremonia toda su vida.

—Día del sol, día del sol, le agradecemos por el día del sol. —Cada sílaba se acompañaba con el aplauso rítmico de la congregación.

—Día del fuego, día del fuego, cuando el Mundo ardió.

—Día de las cenizas, día de las cenizas, cuando las cenizas cayeron.

El volumen del canto litúrgico aumentó, al igual que el ritmo, rápidamente llegando a un crescendo ensordecedor.

—Día del sol, día del sol, cuando vimos el sol de nuevo.

—Día de la luna, día de la luna, cuando al fin la luna volvió a brillar.

La congregación llegó al paroxismo, 300 personas aplaudiendo frenéticamente mientras las palabras caían de sus labios. Día del fuego, de las cenizas, del sol, y de la luna, representando los cuatro trimestres del año, incluyendo el prohibido segundo trimestre, el día de las cenizas.

Repentinamente todos quedaron en silencio, los aplausos lentamente deteniéndose. El Sacerdote bajó los brazos, sus ojos intensos color negro observando a los aldeanos congregados en el lugar. Luego usó su mano para señalar las ofrendas sobre la tarima.

—Pobladores de Thiecon, el Omnisciente y Omnipotente les agradece a través de mí, su Elegido, por estos obsequios, el fruto de sus labores.

Los aldeanos respondieron al unísono de nuevo: —Y a cambio, él nos da vida.

Nuevamente el Sacerdote levantó los brazos, señalando al cielo. —Les agradece por la fruta.

—Y a cambio nos da luz —respondió el coro de voces.

—Les agradece por los vegetales.

—Y a cambio nos da el sol y la lluvia para bendecir la tierra.

—Les agradece por la carne.

—Y a cambio nos da descanso.

—Les agradece por su adoración.

—Y a cambio nos da salvación.

—Habitantes de Thiecon, su compromiso y lealtad a él, el Omnisciente y Omnipotente, son recompensados. Él les envía al Adivino para guiarlos.

—Por la antigua y sagrada costumbre de Thiecon, Él nos manda al Adivino para guiarnos.

—Él los insta a que sigan las instrucciones del Adivino.

—Haremos lo que el Adivino nos indique.

El Adivino caminó hacia adelante para tomar el lugar del Sacerdote en el centro de la tarima. Su voz no era profunda y robusta como la de su compañero. Era más débil y quejumbrosa. Desde el lugar donde Jontil estaba parado en la parte trasera de la congregación, tuvo que esforzarse para escuchar lo que decía, pero necesitaba escucharlo a toda costa. No podía pasar de alto las indicaciones acerca de lo que el día podía traerle.

—Para los que nacieron en el primer trimestre —gritó el Adivino— hoy les da la oportunidad de cerrar cualquier negocio de trueque que tengan pendientes. Pero no será fácil. Tendrán que dar mucho a cambio de lo que quieren recibir. Los que trabajan el campo deben estar pendientes. Su ruina hoy será por sus propias manos.

Jontil se estremeció. Él era un trabajador del campo. El

Adivino les advirtió, así que tendría que estar más atento que nunca para asegurarse de que nada saliera mal.

Miró fijamente al Adivino. ¿Cuánto podría saber? ¿Qué tan poderoso era? Le parecía a Jontil que el rostro noble con nariz aguileña y pelo color gris como el acero no desviaba la vista de la dirección en donde él estaba parado. Abruptamente Jontil tuvo que voltear la cara, aunque podía sentir los ojos oscuros como la noche penetrándole el cráneo.

Esa noche, la respiración tranquila y rítmica de Laoni sobre la almohada al lado de la oreja de Jontil era la señal de que ella se había dormido. Él deseaba que también pudiera dormir tan fácilmente, pero sus pensamientos continua e implacablemente regresaban a la peligrosa situación en la que se encontraban. Se preguntó si tal vez los Ancianos de la aldea podrían ayudarlos. Había escuchado rumores de medicinas herbales que podían remover un bebé del vientre de su madre para que los Ancianos lo tiraran al fuego sagrado para que no tuviera vida. «Tal vez mañana le hablaré a uno de los Ancianos, a ver qué se puede hacer», pensó.

Gradualmente sus pensamientos se aquietaron y empezó a quedarse dormido, sumiéndolo en una pesadilla donde los demás aldeanos le gritaban que ellos sabían el terrible secreto que intentaban ocultar.

Al principio pensó que el ruido descomunal era parte de su pesadilla, pero luego se dio cuenta que el ladrido de los perros y el sonido de caballos no provenían de su mente, sino que se escuchaban afuera de las paredes de su hogar. Se levantó de un brinco de la cama y corrió a la ventana, moviendo la cortina hacia un lado para ver a su alrededor bajo la luz de la luna.

La luna llena claramente iluminó los Destructores del Mal moviéndose entre las chozas de la aldea.

—¡Laoni! —gritó, corriendo de vuelto a la cama y sacudiendo a su esposa para despertarla. —Vienen por nosotros. Los

Destructores del Mal vienen a buscarnos. Corre, antes de que sea demasiado tarde.

Instantáneamente ella despertó, el miedo intenso desfigurando su rostro. Vestidos como estaban con su ropa para dormir, salieron corriendo de la choza. La luz de la luna fue reemplazada por el brillo anaranjado de las antorchas que sostenían los Destructores del Mal, quienes rodeaban la choza sentados sobre sus corceles.

Jontil frenéticamente buscó una manera de escapar, pero los tenían rodeados por completo.

—¡No! —gritó—. ¡Déjennos en paz!

Empezaron a aparecer rostros en las ventanas y en las entradas de las chozas de los vecinos, rostros con ojos brillantes y miradas maliciosas. La noticia de que los Destructores del Mal estaban al asecho se esparció por la aldea en un instante.

Jontil escuchó las voces a su alrededor que empezaron como un susurro y aumentaron hasta llegar a un crescendo, repitiendo la misma frase una y otra vez: —Destruyan el mal, erradíquenlo. Busquen y maten esta noche.

Laoni gritó histéricamente, cubriendo sus oídos como si no escuchar el sonido hipnotizante podría quitarle poder a la amenaza que sabía que la esperaba.

La luz de la luna se reflejó en las puntas de las lanzas que los jinetes enmascarados apuntaban hacia ellos mientras sus capas revoloteaban sobre los lomos de sus caballos. Un semental enorme se movió hacia un lado, dándole paso para que entrara al círculo una figura vestida con una sotana multicolor, una figura con un listón sosteniendo su pelo gris. Sus ojos observaron a Jontil impasiblemente y luego se enfocó en Laoni.

—Sí —dijo el Adivino, su voz débil casi opacada por las voces de los aldeanos—. Ellos son Jontil y Laoni Almana. Los poderes concedidos a mi familia durante generaciones a través de la sabiduría del Omnisciente y Omnipotente revelan la verdad, que esta pareja dará a luz a un hijo en el prohibido segundo trimestre – *¡un hijo de las cenizas!*

La multitud violenta y frenética gritaba con creciente furia para que se les castigara inmediatamente, aunque bien sabían que el castigo llegaría el día siguiente, cuando el Sacerdote y el Adivino invocarían el ritual de apedreamiento, tal como lo establecían las antiguas leyes de Thiecon.

Cuatro Destructores del Mal bajaron de sus caballos para sujetar a Jontil y Laoni con manos fuertes e inmóviles. Jontil frenéticamente intentó escapar, pero sin éxito. Laoni lloraba calladamente, su histeria anterior habiendo desaparecido, como si ya estuviera resignada al destino que la esperaba.

Pero Jontil todavía no estaba resignado. —¡Nos han traicionado! —gritó desesperadamente a la multitud, tratando de sacudirse de encima las manos que lo sujetaban—. La maldición de un hijo de las cenizas fue purgada hace siglos. ¡Tontos! ¿No entienden lo que están haciendo? Un hijo de las cenizas no los va a destruir. Un hijo de las cenizas los va a salvar – ¡salvará al mundo!

Sin embargo, él sabía que lo que decía era producto de su desesperación y que sus palabras no tenían sustancia. Simplemente eran un último intento de escapar lo que sabía era inevitable.

La boca del Adivino se torció en una mueca que era similar a una sonrisa burlona, y le pegó a Jontil una bofetada con su mano enguantada.

—Hablas de traición. —Las palabras salieron de él con tanta fuerza y ferocidad que gotas de saliva fueron lanzadas de sus labios. —Sus propios actos lo traicionan, y al mismo tiempo traicionan a todos los habitantes de Thiecon. ¡Nunca más la humanidad corromperá y arruinará estas tierras sagradas!

Abruptamente miró hacia el círculo de piedra, apuntando con un dedo a los enormes pilares a penas visibles bajo la luz de la luna. —Llévenlos al círculo de piedra, a la celda de sacrificios —ordenó a los jinetes. Luego les dirigió la palabra a los aldeanos reunidos alrededor de la choza, alzando la voz para que todos lo pudieran escuchar —.Vengan. Necesitamos reunir mil piedras para el ritual de mañana.

DON EL HONESTO

Don Sheppard sudaba.

El problema que enfrentaba no era en nada parecido con algo que había experimentado antes.

Nunca pensó que se sentiría así al estar bajo presión.

Sacó sus manos de sus bolsillos y se quedó inmóvil sobre la acera enfrente del banco por unos momentos mientras su mente daba vueltas furiosamente. ¿Qué iba a hacer?

La adrenalina bombeaba a través de su cuerpo sin piedad, y sentía cómo su corazón latía sin control.

«Realmente no debería ser un problema», pensó. Después de todo, otras personas lo hacían. Solo faltaba leer los reportajes en el periódico para saberlo. ¿Por qué él no podía?

Siendo realista, aunque lo habían despedido de su empleo, todavía tenía que pagar la comida y vivienda de Brenda y los cuatro niños de alguna manera. Cuatro hijos, y cada uno costaba una fortuna para cuidar de ellos. Parecía que cada vez crecían más y más rápido y siempre necesitaban ropa nueva.

El sudor se acumulaba sobre su frente, brillando a la pálida luz del sol de enero. Una mujer, una persona desconocida, pasó a su lado, echándole un vistazo al pasar.

Él levantó el cuello de su chaqueta, no para combatir el frio, sino para tapar su rostro lo más posible. Esperaba que la mujer no se acordara de él.

Miró hacia ambos lados de la calle concurrida, observando a la multitud de gente anónima mientras caminaban de un lado al otro, saliendo y entrando de las tiendas y cruzando la calle. Simplemente viviendo sus vidas.

Actuaban igual que él hasta que escuchó esta terrible palabra. Redundante. Y después de diez años de trabajo fiel. Fiel. Esa era una palabra que ya no tenía mucho peso. Por lo menos no del punto de vista de la gerencia, fue su pensamiento al salir de la fábrica después de su último día.

Se preguntó si alguien de entre la multitud lo estaría observando. Nuevamente movió su cabeza, mirando a la derecha y a la izquierda, buscando entre el mar de gente algún rostro familiar. Encontró uno. Del otro lado de la callé estaba Steve Birch, entrando a la misma oficina de desempleo de la cual él salió no hace más de cinco minutos.

Don rápidamente se giró y le dio la espalda al edificio, rogando que Steve no lo hubiera visto. Se sintió avergonzado. Pero ¿por qué debería sentirse culpable si no había hecho nada aún? En cualquier otro momento hubiera saludado a Steve. Steve fue su compañero de trabajo durante siete de los diez años que trabajó en la fábrica, y ambos fueron despedidos el mismo día hace cinco semanas.

Ahora intentaba esconderse de él, moviéndose entre las sombras como una rata de alcantarilla. Las palmas de las manos de Don se sentían frías y sudadas, y constantemente abría y cerraba los puños.

¿Debería seguir con su plan? ¿Valdría la pena?

No pensaba confiarle el plan a Brenda. Ella era tan honesta. Él sabía que enloquecería si supiera que él estaba contemplando hacer algo así. Él sabía que lo mataría, o al menos lo dejaría, y eso era otro peso que cargaba encima. Después de 14 años de matrimonio, nunca tuvieron secretos que el otro no conociera. Así que no tenía otra opción más que mentirle, diciéndole de que el dinero extra era un incremento en la ayuda de desempleo, agregando poco a poco a las cuentas de banco.

Nuevamente sus pensamientos fueron interrumpidos cuando vio a alguien más conocido que caminaba hacia él. No era un amigo, sino alguien que había visto varias veces en el pub. Las lenguas largas decían que el tipo era un detective que se juntaba allí con un informante. Ahora venía saliendo del banco, metiendo su billetera en el bolsillo trasero de su pantalón. Era demasiado tarde para que Don se hiciera aun lado. Ya lo había visto.

—Buenos días, Don. ¿Cómo van las cosas?

—Supongo que bien. Podrían estar mejor, ya sabe. Todavía sigo buscando —contestó Don, nerviosamente cambiando su peso de un pie a otro.

—Bueno, no se preocupe. Algo saldrá pronto.

Don movió su cabeza en señal de estar de acuerdo. —Sí, supongo que tiene razón. En fin, debo irme. Hay cosas que hacer y gente que ver, sabe. Nos vemos luego.

El hombre desapareció entre la multitud y Don suspiró del alivio. Observó a una mujer joven entrar al banco. Tomó la decisión. Era ahora o nunca, y necesitaba el dinero con desesperación.

Caminó de manera decidida hacia la abarrotería al lado del banco y entró.

—Oh, hola, Don —saludó el hombre amistoso parado detrás del mostrador. —¿Vienes a medir la bodega?

—Sí —contestó Don. —Decidí de que sí te la voy a pintar, pero me tienes que pagar en efectivo. Y lo más importante, no dejes que nadie sepa que lo estoy haciendo. Estoy recibiendo beneficios de desempleo, y se supone que no puedo hacer ningún tipo de trabajo si no lo reporto antes.

UNA SEGUNDA OPORTUNIDAD

La segunda oportunidad en el amor siempre es mejor, o por lo menos así dice el dicho.

Julie estaba de acuerdo.

Oh, sí. Al mirar a esos profundos ojos oscuros que la observaban, estaba muy de acuerdo. Su vida era mucho mejor desde que Joe entró en ella.

Joe movió su cabeza un poco para acomodarse. Él cerró sus ojos y Julie se puso de lado y se tapó con el cobertor de la cama. La calefacción se había apagado hace una hora, y ya se sentían los efectos de la noche de invierno afuera.

Pero a ella no le molestaba, no mientras se podía acurrucar con Joe. Él siempre le brindaba calor. —Te amo —susurró, abrazándolo—. Eres lo mejor que me ha pasado. Pero eso ya lo sabes, ¿cierto?

Su relación con Roberto había terminado mucho antes de que ella le pusiera los ojos encima a Joe. De hecho, al pensarlo, ella no tenía idea de porqué se había quedado con Roberto tanto tiempo como lo hizo. Ella se enteró de su amorío cuando todavía no llevaba mucho tiempo saliendo con la otra, y él prometió terminarlo inmediatamente.

—Te amo, pero eso ya lo sabes, ¿cierto? —Siempre decía lo mismo. No podía decir las primeras dos palabras sin luego añadirle las otras seis. Y ahora ella estaba haciendo lo mismo, diciéndole la misma frase a Joe. Pero ella nunca podía estar completamente segura de que Joe le correspondía sus sentimientos. Para ella ciertamente fue amor a primera vista, y realmente esperaba que Joe sintiera lo mismo.

La promesa de Roberto no duró mucho, y lo peor es que él no hacía lo más mínimo para esconderlo. El olor de perfume penetrado en la camisa que Julie tenía que lavar, la mancha de labial sobre su cachete, las flores y comidas lujosas pagadas con su tarjeta de crédito que Julie nunca recibió ni disfrutó lo delataron.

—Te amo a ti —susurró en su oído—. Pero eso ya lo sabes, ¿cierto? Ella no significa nada para mí.

—¿Entonces por qué lo haces? ¿Por qué te acuestas con ella cuando yo estoy en casa esperándote?

Ahora los ojos de Julie seguían la forma del cuerpo dormido de Joe debajo del cobertor. Pensó en la caminata que tomaron esa tarde a lo largo del acantilado. Todavía podía sentir el gélido viento tratando de atravesarle el abrigo, podía oír las olas montañosas que rompían sobre la costa 50 metros debajo de ellos. Sin importar el clima, sin importar los problemas que tuviera en el mundo, ella sabía que su vida era mejor con Joe.

A Roberto no le gustó para nada cuando conoció a Joe. Oh, él sí podía tener otros amores pero al parecer no le gustaba tener que competir por su atención. No, Roberto mostró su verdadero ser cuando Joe llegó, y solo fue unos días después que lo echó de la casa. No soportaba los silencios y los episodios de ira cuando él la acusaba de amar a Joe en lugar de amarlo a él.

Roberto estaba en el pub tomando la primera noche que Joe durmió en su cama. Roberto se volvió loco cuando regresó temprano y los encontró.

—¿Qué hace él aquí? —Las palabras tuvieron que nadar a través de un galón de cerveza para poder salir.

—Robert, tienes razón —contestó ella con voz baja pero firme. —Amo a Joe, no a ti. Quiero que te vayas, por favor.

—¿Qué carajos miras? —Robert le gritó a Joe.

Joe guardó silencio, recostado en la cama, observándolo de manera impasible, con una expresión casi burlona en su rostro, como si no entendiera por qué tanto escándalo. Él estaba con Julie, y eso era todo lo que importaba. Roberto podía ir a freír niguas.

Pero Joe no se quedó callado cuando Roberto regresó a la noche siguiente – justo cuando se iban a acostar – para rogarle a Julie que cambiara de opinión.

—No lo necesitas. Déjalo ir —rogó Roberto.

Eso fue la gota que derramó el vaso.

Joe estaba harto. Saltó de la cama hacia Roberto.

Roberto estaba completamente petrificado. Las protestas de Joe eran suficientemente fuertes como para despertar a los muertos. Hasta Julie sintió algo de miedo. Era una faceta nueva de Joe que ella no había visto antes. Pero en lo más profundo de su corazón, ella estaba más que un poco contenta de que la estaba defendiendo a su manera, especialmente cuando Roberto se fue con la cola entre las patas, tirando la llave en la entrada cuando salió.

—Espero que sean muy felices juntos —dijo sarcásticamente antes de tirar de la puerta con tanta fuerza que la casa entera pareció temblar.

Julie lloró de alivio mientras abrazaba a Joe. ¿Finalmente habían terminado las cosas con Roberto? ¿Realmente podrían ser felices juntos ellos dos? Ella pensó que sí en ese momento, y ahora que lo observaba dormir, seguía sintiendo lo mismo.

Había pasado un mes desde que Roberto se fue de su vida, y sí, nunca se había sentido tan feliz como ahora. Se quedó observando a Joe por cinco minutos y luego le sobó la panza hasta que despertó. Él la observó con esos profundos ojos color café, y se escuchó que algo pegaba en la cama debajo del cobertor cuando empezó a mover su cola. Suavemente él puso una pata encima de la mano de Julie.

Julie rio, poniendo al cocker spaniel de espalda y acariciándole la panza. —Te amo —susurró en una de sus grandes orejas—. Pero eso ya lo sabes, ¿cierto?

La cola de Joe se movió con más fuerza. Sí, él lo sabía.

UNA VÍA DEL PASADO

El Expreso de Torbay aumentó su velocidad al salir de la curva, avanzando sobre los rieles hacia el túnel.

Cuando entró y la oscuridad impidió que se pudiera ver por un tiempo, el joven Miguel Carson se dirigió a su abuelo, sus ojos brillando al decir: —Esto es maravilloso, Abue. Absolutamente fantástico. ¡Mil gracias!

Bob le sonrió a su nieto. —Me alegra que lo estés disfrutando. —Sus ojos también empezaron a brillar como los de Miguel. Eran muy parecidos—. Sabes, cuando yo tenía tu edad había trenes así todo el tiempo. El humo salía de la chimenea, con grandes ruedas con las varillas de acoplamiento para que agarraran bien a los rieles, dejando tierra y lodo al pasar.

—No sabía que eras tan viejo —dijo Miguel mientras sonreía.

Bob le dio un golpecito juguetón a Miguel en la mejilla. —No seas tan descortés —dijo con fingida seriedad. —Solo tengo 74 años.

La sonrisa en los labios de Bob le indicó a Miguel de que a pesar del leve regaño, su abuelo no estaba molesto con él.

—Siempre me han encantado los trenes a vapor —dijo Bob, recordando con cariño los gloriosos días veraniegos cuando él viajaba con su papá y mamá hacia la costa sur.

—¿Qué sucedió con ellos, Abue?

—Fueron reemplazados por locomotoras de diésel y luego eléctricas. Es una pena. No tienen las mismas características que estas bellezas.

La locomotora de color café y verde salió de la oscuridad del túnel, jalando cinco vagones de pasajeros tipo Pullman detrás de ella.

—¿Por qué se usan las de diésel si no son tan bonitas como estas? —preguntó Miguel, frunciendo el ceño un poco.

El sol iluminó el interior, reflejándose en la melena rubia de Miguel, y Bob pasó sus dedos sobre el poco restante de su propia cabellera blanca mientras pensaba cómo mejor satisfacer la curiosidad natural del chico.

—Durante mucho tiempo fuimos muy felices con estas viejas locomotoras andando, pero luego el mundo empezó a cambiar. Gradualmente las personas empezaron a querer moverse de un lugar a otro con más velocidad y empezaron a buscar maneras para hacer que los trenes fueran más veloces. Los hombres que siempre amaron las locomotoras a vapor no querían las de diésel, pero en 1955 las personas a cargo del sistema ferroviario iniciaron una modernización del sistema. Y ha seguido desde allí.

Las arrugas en la frente del niño se hicieron más profundas y Bob pudo ver que su nieto estaba pensando cómo mejor formular su pregunta.

—Abue —dijo luego de un rato —si las locomotoras de diésel son más rápidas, ¿por qué a nadie les gustan?

Bob no era una persona de escasa inteligencia, pero a menudo tenía dificultad para contestar las preguntas constantes y muy pertinentes que Miguel hacía. Sabía que tenía tendencia a hablarle como si fuera un niño pequeño, subestimando su poder de entendimiento, pero al mismo tiempo sabía que Miguel estaba consciente de lo que él hacía. La mente de Miguel era inteligente y procesaba las ideas con rapidez, y al parecer tenía una sed inagotable de conocimiento. Bob intentó recordar cómo había sido él a esa edad, hace más de 66 años, y se preguntó si él había sido igual. Había transcurrido mucho tiempo, y muchas cosas habían pasado, tanto en la vida de Bob como en el mundo. «Los niños de hoy en día son tan maduros», pensó. «Su niñez se acaba en un abrir y cerrar de ojos».

—Bueno, es como el iPad que te regalamos para Navidad hace un par de años —contestó—. ¿Recuerdas cómo quisiste uno mejor después de seis meses?

—Pero eso es diferente, Abue. Sacaron una versión nueva que podía hacer más cosas.

—Exactamente. Sucedió lo mismo con los trenes. Las locomotoras de diésel son más rápidas y contaminan menos que estas locomotoras viejas. Y también son más económicas porque no necesitan tanto mantenimiento. Las locomotoras a vapor necesitan ser lavadas, limpiadas e inspeccionadas a diario. Las de diésel siguen trabajando, y mientras las necesidades del mundo vayan cambiando, todo tiene que cambiar para cumplir con esas necesidades. Al igual que tu iPad, las locomotoras a vapor se fueron quedando en el pasado.

»En esos tiempos las personas no estaban acostumbradas a que el mundo cambiara tan rápidamente. Las locomotoras fueron iguales por más de cien años, pero luego querían que fueran más rápidas, que no ensuciaran tanto al medio ambiente, pero querían el mismo tipo de tren. Los ingenieros dijeron que no podían mantener las mismas cosas, que había que cambiar, crecer, desarrollar algo nuevo. Si querían progresar, necesitaban dar paso a ideas nuevas, y así empezaron a desaparecer las locomotoras a vapor y las de diésel tomaron su lugar. Las de vapor ahora solo se usan en rutas turísticas privadas.

El Expreso de Torbay pasó una estación mientras que Miguel consideró la respuesta de su abuelo. Bob podía ver que la atención del niño empezaba a divagar. Ambos miraron hacia el cruce donde una fila de carros esperaba a ambos lados de la vía del tren para poder pasar.

Sus pensamientos fueron interrumpidos por una voz que los llamó desde el piso inferior: —Vamos ustedes dos, la cena ya está lista.

Bob alborotó el pelo de su nieto y estiró su mano hacia el interruptor para detener el tren. —Pero hay una cosa que no cambia —comentó.

—¿Qué, Abue?

—Los trenes eléctricos de juguete todavía les llaman la atención a los niños de ocho años. Feliz cumpleaños, Miguel.

REE – EL TROL DE DINGLEAY

PREFACIO POR GEMMA SHARP (ESCRITORA DE FANTASÍA D.M. CAIN):

La historia detrás de este poema sinsentido probablemente sea igual de intrigante como el producto final en sí.

Mi amigo Stewart Bint solía escribir una columna en una revista local, The Flyer. Leí su artículo del 14 de marzo de 2014 con especial interés. Esto fue lo que escribió:

En lo recóndito de la tierra de Dingleay,
Al lado del arroyo donde los peces juegan
Se encuentra la casa del malvado trol, Ree.
La casa hecha está a base de ramas y piedras
Palos y huesos de cachorros

Eso es todo lo que pude escribir ¡hace 15 años! Y aún sigo sin tener idea de qué escribir para continuar.

Afortunadamente, es la única vez en mi carrera como escritor que mi mente se ha bloqueado y no sé qué escribir. Lo extraño es que a pesar de tanto tiempo, no lo he podido solucionar.

Oh, tenía una gran ambición, ser el rival de Edwar Lear y Lewis Carroll como maestro de los poemas sinsentido. Por eso decidí intentarlo. Después de todo, muchas personas solían decirme que lo que escribía no tenía sentido, así que pensé ¿por qué no hacerlo a propósito?

Escribí esas cinco líneas en muy poco tiempo. «Hmm, esto se ve prometedor», pensé. Luego me senté y me quedé mirando lo escrito. Y pasé más tiempo sentado y mirándolo. Luego lo guardé. Después lo saqué y lo volví a leer. ¿Vendrían a mí las siguientes palabras? Ni en sueños.

Tal vez necesite cantidades industriales de madera a mi alrededor para decir esto, pero las palabras correctas siempre parecen fluir sin dificultad para mis novelas, para mi reportaje de futbol, para lo que escribo relacionado a las relaciones públicas... ¡hasta para mi columna en The Flyer! A veces no sé hacia dónde me va a llevar lo que escribo, particularmente en mis novelas donde los personajes, no yo, son los que guían mis dedos mientras vuelan sobre el teclado. Pero sin importar si soy yo o el personaje el que está piloteando, las palabras salen como agua de un chorro.

Actualmente estoy finalizando la última versión y las ediciones de mi siguiente novela, Esperando entre las Sombras, la cual está programada para ser publicada a principios de junio. Y donde las palabras no estaban del todo bien antes, ahora no tengo problema para encontrar palabras que sean más apropiadas.

Pero con ese poema sinsentido – no hay manera. Simplemente no salen. Si alguien puede terminarlo por mí, ofrezco una descarga gratuita de mi novela Timeshaft.

. . .

Como soy maestra de primaria, le pregunté a Stewart si podía usar su poema para un proyecto en mi clase. Estuvo totalmente de acuerdo, y decidió que podía usar el trabajo de los niños para completar el poema. Dos aulas, la mía y la de mi colega Greg Barton-Harvey, trabajaron arduamente para producir sus propios poemas.

A Stewart le encantaron los resultados e incorporó el trabajo de más de 40 niños en la versión final.

—El nivel de los poemas e historias de los niños fue absolutamente asombroso. Utilicé versos enteros, además de líneas y frases individuales —comentó.

Así que aquí está, el poema completo escrito por los estudiantes de la escuela primaria de Huncote Community, en Leicestershire, con un poco de ayuda de Stewart Bint, quien lo describe como:

Un poema que se debe leer en voz alta... ¡con emoción!

REE – EL TROL DE DINGLEAY

En lo recóndito de la tierra de Dingleay,
Al lado del arroyo donde los peces juegan
Se encuentra la casa del malvado trol, Ree.
La casa hecha está a base de ramas y piedras
Palos y huesos de cachorros.

Parece un demonio, repugnantemente verde
Pero aún más horrible, siniestro y cruel.
A Ree le encanta cuando el viento mocoso sopla,
Su nariz colgante goteando, ruidosa y vil

Haciendo llover mocos en sus manos y pies.
Su risa es como un cuchillo apuñalando el oído
Se viste con harapos que nunca ha lavado.

Deambula por el bosque durante todo el día,
Dejando un fétido olor a su paso.
Sus pies monstruosos apestan como el heno
Puedes olerlo a leguas.

Come niños mañana, tarde, y noche.
Le encanta escuchar el crujido de los huesos.
Debajo de su casa hay una mazmorra,
Abajo, abajo en lo profundo,
Igual que una manguera.
Los niños encadenados allí están.

Cuando el sol sale al principio del día
Ree se oculta en las sombras, viéndolos jugar.
Atrapará a alguien hoy.
Cuidado por donde vas, todavía no te tiene
Pero cuando te alcance, a la mazmorra vas a parar.

Y cuando le dé hambre,
Con su fuerte mandíbula y aliento temible
Mata a sus víctimas – muerte inmediata
Dientes venenosos aplastan su presa para dejarla sin vida.

—¡Hora de comer! —El mocoso trol gritó
—¡Oh, no! —contestó el niño —¡No tengo salvación!
Ya sabe su destino, justo lo que hará
Sonreír horriblemente mientras te devora.

Vimos su casa, y al pasar allí
¿Qué era ese olor? ¡Estofado de niño!
Salimos corriendo de Dingleay a toda velocidad
Nunca regresaremos allí para jugar.

Pero después de que nos fuimos, nosotros sin saber,
Ree rompió el hechizo y cambió su forma de ser.
Verán, él no siempre fue un trol.
Maldito por causa de un hechicero
Su rostro espantoso muestra de su pecado.

Un trol, sí, siempre sería
Pero su corazón no era negro
Y ese era el detalle
Fue el amor que lo salvó de su destino.

Un día soleado mientras buscaba bayas
Se resbaló en el lodo y cayó en el agua.
Gritando y gimiendo, maldiciendo su suerte
A causa de las piedras resbaladizas, rugiendo muy fuerte.
La corriente lo venció
Y con facilidad lo arrastró.

Abrió sus ojos y pensó ver su muerte
Una cascada lo esperaba, justo enfrente
Cayó y gritó, salpicando muy fuerte.
Luego, en el fondo descansó, maldiciendo y retorciéndose
El agua profunda no era
Sabía que no moriría

Salió del arroyo

Su corazón latiendo fuerte
Corrió por el bosque
Tal como si fuera un sueño.

Sus pensamientos revoloteaban
Mientras corría y corría.
Cuando oscureció la tierra desconocida
Ree empezó a entrar en pánico – y deseó que alguien lo ayudara.
Luego avistó una cabaña
El lugar perfecto para pasar la noche.

Un trol hembra abrió la puerta
El sudor de Ree hizo un charco a su alrededor.
El trol fue amable y lo invitó a pasar
Ree de sonreír no podía parar.
Sabía que su futuro estaba por empezar.

Le preguntó su nombre y ella respondió Liz,
Y le dio la bienvenida con un gran beso ensalivado.
Salieron en una cita y comieron pescado.
No tardó mucho para que quedaran enamorados.
Ambos soltaron una paloma dorada.

Sus corazones se entrelazaron,
El amor reinó en sus vidas
Y eso es todo lo que sé de la vida de Ree
En lo recóndito de la tierra de Dingleay,
Al lado del arroyo donde los jóvenes trols juegan.

LA BRUJA DE LOS SUEÑOS

PREFACIO

La esperanza y la realidad. ¿Serán dos caras de la misma moneda?

¿O tal vez la misma cara, vista desde otra perspectiva? Para muchas personas, el Año Nuevo empieza con tanto optimismo y esperanza, pero con el paso del tiempo, todos regresamos al viejo ciclo de la realidad.

En mi vida he escrito solamente dos poemas: Ree – El Trol de Dingleay, y el presente, el cual toca el tema de la salud mental, escudriñando la esperanza y la realidad, y cómo esos dos polos aparentemente opuestos pueden realmente ser uno solo. Solo se necesita ver las cosas desde otro punto de vista, como espero que la última línea lo explica.

LA BRUJA DE LOS SUEÑOS

¿Cuál es el propósito? ¿Alguien me lo puede decir?
El tiempo al revés, solo sigo la corriente.
Con el sol y la luna en lo alto del cielo,
La Parca no puede aterrizar, así que deberá volar.
Cuando atacan a los débiles, los fuertes se creen
valientes
Mientras que el otro observa, sentado en la tumba.
El tiempo ya viene, el Maestro de las Nubes se exaltará
—Pero ¿quién se opondrá a la Bruja de los Sueños?
—pregunta con un suspiro.

Cuando las pesadillas se vuelven reales y los sueños
mueren
Tocas a la puerta, esperando despertar.

Cuando la mente es llevada a los límites y las barreras
empiezan a fallar
Lo irreal se vuelve cotidiano, la oscuridad cubre todo.
La mente es tan frágil y fácil de romper
¿Qué se necesita para rescatarla del abismo?

Mientras que el viento sopla, la tierra grita su lamento.
Oídos sordos escuchan sus quejas.
Las estrellas arden con fuego intenso.
La luna es tan fría, y tus pensamientos no tienen
sentido.
Si las personas pudieran ver el daño que hacen
Los muertos cantarían, esa es la verdad.

Cuando estés muerto, verán que es demasiado tarde
La orilla muy cerca, pero siempre tu destino.
Empujaron con fuerza y al fondo caíste
Una última plegaria sonando en tus labios.
Pero la Bruja de los Sueños ya te esperaba.

PRUEBA VIVA

—Vamos, ya dejen de reírse —gruñó el Sr. G.H. Ostly mientras pegaba la regla contra el escritorio cinco veces seguidas. La clase lo estaba probando, intentando ver hasta dónde podían llegar con el nuevo maestro.

Sus palabras a penas se podían escuchar por encima de las risas y el bullicio general de la clase.

El Sr. Ostly suspiró. Sabía que su primer día en la Academia Spookside sería algo difícil, para decirlo de manera amable, pero, francamente, ¿qué se creían? Les mostraría a estos pequeños demonios que no era tan verde como parecía.

Nuevamente la regla sonó contra el escritorio, ahora con tanta fuerza que dejó pequeñas hendiduras en la madera. —Cállense. No se los volveré a decir. Si dentro de cinco segundos no puedo escuchar que cae un alfiler, todos se irán castigados.

Inmediatamente la risa se detuvo y 30 pares de ojos de la clase 1M observaron con malicia al nuevo maestro.

Un par de ojos empezó a brillar con demasiada travesura

como para gustarle al Sr. Ostly, y no le sorprendió cuando escuchó la pregunta.

—Pero, Profe, ¿quién dice que no existen? No puede probar de que no.

—No hay evidencia, joven. Literalmente se han realizado miles de excursiones buscando fenómenos sobrenaturales, usando el equipamiento más sofisticado del mundo. La mayoría de los resultados tienen una explicación perfectamente racional y razonable.

—La mayoría, profe, pero no todos.

—Eso no quiere decir de que haya una explicación irracional o no razonable para los demás.

—Pero prueba que sucedió algo que no puede ser explicado. —Eso causó otra ola de risitas desde el fondo del aula.

—¡Silencio! —rugió el Sr. Ostly. Observó intensamente al estudiante inquisitivo. —¿Cómo se llama, joven?

—Esteban Pectro, Profe.

—Bueno, Esteban Pectro, le diré esto una sola vez. Lo que no se ve y no se siente, para mí no existe. Lo sobrenatural es algo que se encuentra solamente entre las páginas de las historietas y en las películas.

La mano de Pectro estaba levantada de nuevo, avisando que tenía algo más que agregar.

—Pero Profe... Profe, yo he visto uno. Por eso sé sin duda alguna de que existen.

La mirada de disgusto del Sr. Ostly hubiera sido suficiente para que alguien de carácter más débil se diera por vencido y se enrollara en posición fetal, pero Pectro insistió. —Tomé un atajo para llegar a casa, a través de la iglesia, y vi a una figura que se movía más adelante en el camino.

Se había cumplido el deseo del profesor. La clase estaba tan callada que se podía escuchar si un alfiler cayera al piso. Todos estaban atentos a la historia de Pectro.

—Y por casualidad esa figura, ¿salió de una tumba? —preguntó el profesor, su voz derramando sarcasmo.

—No Profe, pero sí fue a una tumba detrás de la iglesia para dejar unas flores.

—Y luego sin duda desapareció adentro de la tumba.

—No, Profe. Por favor, deje que les cuente lo que sucedió. Casi me quedé congelado del susto cuando lo vi. Venía desde la entrada principal, dirigiéndose hacia el cementerio detrás de la iglesia. Yo entré por un costado, y llegué al camino principal junto al gran tejo e iba camino a la calle principal. La figura estaba lejos de mí cuando la vi por primera vez, pero no había duda de lo que era. Me escondí detrás de una lápida. No quise ni salir a ver si ya había pasado. Estuve escondido como un minuto antes de que pasara cerca de mí. No podía moverme. Solo me quedé allí agachado, observando como seguía por el camino.

—Descríbenos lo que vio.

—Sí, Profe. No pude ver su rostro claramente, solo de lejos, ve. Pero de atrás se veía que era joven. Tenía largo pelo rubio y estaba vestido con jeans y una playera.

—¡Jeans y una playera! —La exasperación del Sr. Ostly era muy evidente en su tono de voz.

—No todos tienen que ser de otros tiempos, Profe —comentó el joven Pectro.

—Ya fue suficiente. Ya me cansé de escuchar estas ridiculeces. Solamente quiere que me vea como un tonto, y no voy a permitírselo.

—Pero Profe...

—No sé por qué dejé que siguiera, pero lo voy a parar ahorita. Nosotros somos los que gobiernan esta tierra verde y hermosa. Cuando sea nuestro tiempo, la fuerza vital que tengamos, sin importar qué sea, parte haca otro lugar, a otro plano. De ninguna manera queda algo de nosotros atrás para espantar a los que dejamos atrás. Por una última vez se los digo, y esto va dirigido a todo el salón de la clase 1M, que los humanos son simplemente un producto de la imaginación.

—Pero, Profe, usted ha escuchado los cuentos de humanos que han visto por aquí, especialmente en el cementerio. No soy solo yo. Muchos los han visto.

—Una vez más lo diré. Los humanos son leyendas, parte del folclor, salidos de las historias de terror. —El Sr. Ostly sacudió su cabeza blanca y transparente—. Que los humanos existen en realidad.... Ja... puras patrañas, puros cuentos.

ARTE JUVENIL

La guardia de seguridad de la galería de arte escuchó con sorpresa los comentarios de la joven pareja.

—Mira la maravillosa manera de usar los colores. ¿No es bello cómo el amarillo se entrelaza con el verde con fuertes pinceladas? La pintura completa transmite vida —dijo la mujer a su acompañante.

Eran la tercera pareja que visitaba la exhibición de arte durante la última media hora que pensaban que la pintura era fascinante. La pareja anterior la describió como estupenda, mientras que la primera pareja la halagó por sus méritos técnicos y artísticos.

La chica actual parecía estar más entusiasmada por la pintura que su acompañante, describiendo las pinceladas no tan delicadas como la máxima expresión de los sentimientos y la espiritualidad latente del artista.

El guardia de seguridad pensó acerca de cuántas personas habían dado opiniones favorables sobre la pintura durante todo el día. Actualmente la galería tenía 75 pinturas en exhibición, y personalmente, él no daría ni un solo centavo por todas en conjunto. Pensaba que no eran nada más que una colección desordenada de manchas con líneas por todos lados. A él no le gustaba el arte moderno.

Cuando se terminó de instalar la exhibición el día anterior, él había caminado por las pinturas, casi desmayándose al ver los precios que oscilaban entre £15 000 y £150 000. Otra vez miró hacia la joven pareja, quienes parecían estar enamorados de ese cuadro.

—£25 000. Eso parece ser un precio razonable para la expresión tan emotiva del equilibrio entre vulnerabilidad y coraje que muestra esta pintura —dijo la chica.

El joven miró con detenimiento la esquina inferior derecha. —La firma casi ni se lee —comentó.

Su compañera consultó el programa. —Se llama «Caos en el Cielo», y de acuerdo con esto, el artista es Roger Barrymore.

—¿Barrymore? —El joven parecía estar sorprendido—. Es muy diferente de sus otras obras. Tiene más profundidad y claridad de visión en esta que en cualquier otra creación suya que haya visto.

La mujer rápidamente leyó el programa. —Es la única pintura de Barrymore en la exhibición, y por mucho es la mejor pintura aquí. Vayamos a preguntar si alguien ya la compró.

Caminaron juntos hacia el otro lado de la galería y la oficina de ventas. El guardia de seguridad suspiró con alivio. Casi era hora de cerrar, y ya no recibirían más visitas a la exhibición. Ya se podía relajar.

Caminó hacia el cuadro y miró la firma. Él sabía que la letra ilegible no decía Roger Barrymore. El nombre de la artista era Ángela Blackshaw. Bajó la pintura y la apoyó contra la pared. Luego tomó otro cuadro que estaba escondido detrás de su escritorio y la colgó. Para él era solamente otra mezcla confusa de líneas y colores. El nombre en la esquina era muy fácil de leer: Roger Barrymore.

El guardia de seguridad David Blackshaw cuidadosamente envolvió la pintura que estuvo exhibida el día completo con varias capas de papel periódico. Tenía que ser cuidadoso al llevársela a casa, ya que su hija de nueve años, Ángela, le había dicho que quería que le regresara su pintura sin daños.

HARVEY BUSCA UN AMIGO

Harvey el fantasma se sentía triste. Él quería jugar con un amigo pero cada vez que intentaba buscar uno, todos salían corriendo.

Su intención no era asustarlos, pero era obvio que la mayoría de los niños sentirían miedo al ver un fantasma. Harvey intentó decirles que no les haría daño, pero estaban tan atemorizados que todos se escondían. «Ser un fantasma no es nada entretenido», pensó.

Él se preguntaba dónde podía encontrar un amigo cuando escuchó que alguien venía silbando mientras caminaba. Al principio no se escuchó mucho, pero aumentó el volumen mientras se acercaba. Luego Harvey vio quién era: el cartero Mike, quien dejaba las cartas en los buzones. Bueno, el buzón de todos menos Harvey. Nadie nunca le mandaba cartas a Harvey.

«Mike es amigo de todo mundo», pensó Harvey. «Seguro que querrá ser mi amigo también».

El cartero Mike era un hombre bajo y rotundo de rostro

redondo y alegre. Usaba un gorro y siempre llevaba una gran bolsa llena de cartas y tarjetas de cumpleaños.

—Cartero... cartero Mike —llamó Harvey—. Espéreme. Quiero que seas mi amigo.

El cartero se dio la vuelta, vio a Harvey el fantasma, y se dio el susto de su vida. Gritó tan recio que se pudo escuchar en todo el vecindario, dejó tirado su bolsa de cartas y salió corriendo más rápido que cualquier niño en su mañana deportiva en el colegio.

—Ay, no —suspiró Harvey—. De plano ya tiene muchos amigos. —Harvey empezó a llorar, una gran lágrima deslizándose por su cachete. Se sentía tan solo.

Luego vio a Aaron, el niño que vivía en la casa de al lado. Aaron caminaba por el jardín, rebotando una enorme pelota amarilla. A Harvey le encantaba jugar.

—Oye, niño —dijo lo más alto que pudo—. ¿Por favor, puedo jugar contigo?

Aaron dejó de rebotar su pelota. Se quedó viendo a Harvey, pero al igual que los otros niños, a él también le asustaban los fantasmas, y corrió hacia su casa. Harvey escuchó como la puerta se cerró con un gran golpe.

—Ay, no —suspiró Harvey de nuevo—. ¿Por qué será que nadie quiere jugar conmigo?

Harvey no sabía qué más hacer, así que se sentó a la sombra de un árbol y empezó a llorar y llorar y llorar. Probablemente hubiera llorado todo el día si un pajarito no hubiera volado hacia el árbol y posado sobre una rama sobre su cabeza. Era un petirrojo, su pájaro favorito. Le encantaba verlos saltar en el jardín y le encantaba escucharlos cantar, así que se sintió un poco más feliz cuando alzó la vista y lo vio allí.

Se limpió las lágrimas e intentó sonreír, pero esperaba que el petirrojo no lo viera porque, al igual que los niños, los pájaros tampoco querían ser sus amigos.

Pobre Harvey intentó pensar en todas las razones por que nadie quería ser su amigo. No lo podía entender. Siempre trataba de ser bueno y amable porque nadie quería a los niños malcriados. Sabía que si uno era malo y descortés que no merecías tener amigos. A veces lo regañaban Mamá Fantasma y Papá Fantasma. La última vez fue por tomar sin permiso las tartas que Mamá Fantasma acababa de hornear, y la vez anterior por haber arruinado las flores que sembró Papá Fantasma en el jardín cuando salió corriendo detrás de su pelota. Pero él pensaba que todos hacían alguna travesura de vez en cuando, sin importar qué tan buenos normalmente eran. Eso no debería impedir que tuviera un amigo.

Harvey sorbió sus mocos mientras se limpiaba otra lágrima. ¡Ya! El petirrojo también se había ido, volando hacia otro árbol.

Casi era hora de la merienda y Harvey tendría que regresar a casa. Deseaba que pudiera encontrar a un amigo para poder presentárselo a Mamá Fantasma. Se quedó sentado bajo el árbol unos cinco minutos más, y justo cuando empezó a pensar que tendría que levantarse vio que alguien más se acercaba por la calle.

—¡Hola! —gritó—. ¿Quieres ser mi amigo? —Reconoció al niño nuevo que vivía en la siguiente calle.

Se sorprendió pero estuvo más que feliz cuando vio que el niño caminó hacia él y le dijo: —Sí, seré tu amigo. Soy Raymundo el fantasma, y nadie nunca quiere ser mi amigo. Siempre salen corriendo cuando me ven.

—Y yo soy Harvey el fantasma. Creo que ya sé por qué nadie quiere jugar con nosotros. Los adultos tienen otros adultos con quien hablar. Los niños juegan con otros niños. Hasta los pájaros en los árboles solo les cantan a otros pájaros. Pero nosotros podemos jugar juntos porque ambos somos fantasmas.

Harvey se sentía feliz.
Al fin encontró un amigo.

EL ACOSADOR DE TWITTER

PREFACIO

El Acosador de Twitter es una historia dedicada todos los que han sido intimidados, perseguidos, atormentados, o abusados de cualquier forma en Twitter, o cualquier otra red social.

Originalmente publicado en Awethology Dark, una antología publicada por Plaisted Publishing House Ltd., Nueva Zelanda, esta historia de fantasía de 7,300 palabras explora a profundidad las consecuencias devastadoras que ser atormentada en Twitter tiene sobre la vida de una adolescente, Annie Galway, y cómo el karma cobra venganza sobre el responsable de una manera horrífica y aterradora.

La inspiración para este cuento salió de experiencias personales en Twitter. Me sentí tan indignado y enojado por el comportamiento de algunas personas que atormentaban a otros usuarios que me convertí en un activista en contra del acoso en línea.

EL ACOSADOR DE TWITTER

Eran los dos sonidos más aterradores que había escuchado en mi vida.

El sonido incómodo de las esposas cerrándose alrededor de mis muñecas, asegurándolas detrás de mi espalda. Y el golpe seco de metal cuando la puerta de hierro se cerró, dejándome prisionero en esta diminuta celda, las paredes a menos de dos metros una de la otra.

Así que aquí estoy, mis pies descalzos congelándose sobre el piso de piedra rústica. Sí, me quitaron los calcetines y zapatos el instante en que arribé a este lugar desolado.

Alzo la vista para mirar al reloj en el techo. Lo sé. Es extraño, ¿no? Un reloj en el techo. Es lo único que hay dentro de esta celda escasamente iluminada. Bueno, aparte de mí, por supuesto. El reloj mostró que llevaba poco más de una hora allí.

Pensé que me iba a soltar las manos cuando ella me encerró aquí. No puedo ir a ninguna parte ni hacer nada mientras estoy encerrado aquí. Pero no, solo me empujó hacia adentro y cerró la puerta detrás de mí, dejando mis manos esposadas detrás de mi espalda.

Nuevamente jalo de la cadenita entre mis manos para intentar zafarme, pero no logro nada. Momentos después de que escuché el horripilante golpe de la puerta detrás de mí y el cerrojo echando llave, intenté realizar la maniobra para por lo menos tener mis manos enfrente de mí. Ya saben, donde uno pasa las manos esposadas por debajo de las nalgas y luego pasa las piernas a través de los brazos para poder tener a las manos enfrente del cuerpo. Seguirían esposadas, eso sí, pero al menos no estaría tan indefenso como al tenerlas detrás de mi espalda.

Pero no pude con estas esposas. La cadena es muy corta, y ni en chiste llega cerca de mi trasero.

Después de eso me puse a observar a mi alrededor para ver

qué había en la celda. Eso no tomó ni cinco segundos. Menos de dos metros de pared de piedra de color gris en todas las direcciones.

No había nada que hacer. Intenté sentarme, recostando mi espalda contra una pared al grado que me fue posible con mis brazos detrás de mí, pero en pocos momentos no solo mies pies estaban congelados. El piso helado hizo que se me durmiera el trasero, y la pared hizo lo mismo con mi espalda. La única manera de estar cómodo (y uso la palabra cómodo de manera muy sarcástica) era si caminaba continuamente alrededor de la celda. El movimiento hizo que mis pensamientos empezaran a andar también, y no eran nada consoladores.

Seguramente me vendría a buscar pronto. Pero ¿y si no? No tenía idea de cuánto tiempo pretendían mantenerme aquí – donde fuera que aquí sea. ¿Qué fue lo que dijo la guardia cuando me quitó los calcetines y los zapatos? Ah, sí. «Donde vas no los vas a necesitar». ¿Qué diablos quería decir con eso?

—¡Oye! ¿Cuánto tiempo me van a dejar aquí? —grité. Mis palabras murieron al instante, el sonido disipado por el efecto de las gruesas piedras a mi alrededor. Y cuando digo gruesas, eran realmente grandes. En los pocos segundos después de que arribamos a la celda y me abrió la puerta, después de caminar por el pasillo hasta el corazón de esta prisión, pude ver que las paredes tenían un grosor de al menos unos 20 centímetros.

Sin mis zapatos ni siquiera podía intentar patear la puerta para llamarles la atención. Pero algo dentro de mí dudaba de que los de afuera reaccionaran aún si la pateaba. Supongo que el sonido solo se escucharía *dentro* de la celda y que nadie afuera de ella lo podría oír. Y la puerta en sí era exactamente eso, solo una puerta sólida. En todos los dramas policiales que he visto en la tele, las puertas tienen una ventanita para que puedan ver hacia adentro. Esta era un bloque de hierro sólido. No tenía ni manija ni cerrojo en la parte interior, así que aunque si se diera el milagro de que lograra soltar mis manos, encontrar un clip o algún otro tipo de alambre en algún lugar de la celda y ser un experto para manipular los cerrojos (que no lo soy), igual seguiría más frito que una papa.

Está bien, intento mantener la calma, pero empiezo a darme cuenta de lo realmente vulnerable e indefenso que estoy: encerrado en una celda oscura y diminuta, sin tener idea dónde estoy ni cuánto tiempo estaría allí, descalzo, con las manos atadas a mi espalda. Frio. No, no se puede estar en una situación más vulnerable y desesperante que esta.

Así que, aquí estoy, empezando la segunda hora de mi confinamiento. ¿Y por qué? Porque me llaman un acosador de Twitter. Bueno, regresemos en el tiempo a donde todavía no me habían encerrado en esta celda. Más atrás, a cuando todavía tenía mis calcetines y zapatos. Aún más, al momento justo antes de que me esposaran.

Las hamburguesas eran muy buenas en ese lugar de comida rápida, especialmente las que tenían queso. Todos habíamos sacado los asquerosos pepinillos de la comida y los tiramos disimuladamente debajo de la mesa. Y, por supuesto, a ninguno de mi grupo de amigos lo verían ni muertos con esos sándwiches culeros de pollo o pescado.

Y en cuanto a las hamburguesas vegetarianas, bueno, recuerdo la vez que Sasha sacó el pie justo cuando la engreída de Harriet Bloomfield de bachillerato pasó a nuestro lado con una de esas hamburguesas de cartón, como les digo yo, y la tropezó. Oh, lo debieron ver. Fue un mate de risa. El torso de Bloomfield siguió hacia adelante mientras que su pierna se quedó atrás. No tienes que ser un genio de la física como para saber que un cambio tan repentino en el centro de gravedad de una persona no dejaría que la persona se mantuviera parada por mucho tiempo. En el caso de Bloomfield, tardó menos de dos segundos. Pero no fue solamente que se cayera. Oh, no, fue mucho mejor que eso.

Sus ojos azules se abrieron horrorizados y extendió sus brazos en un inútil intento de mantener su equilibrio, lo cual tuvo un efecto muy desafortunado sobre la bandeja que llevaba en las manos. Esto, en consecuencia, afectó la hamburguesa vegetariana, papas fritas, y licuado de fresa con leche que, hasta ese momento, llevaba sobre la bandeja. Cuando repentinamente se le quitó el soporte humano, la comida también siguió un trayecto parabólico, quedándose en el aire el tiempo suficiente como para que la cabeza de Bloomfield quedara en la posición exacta donde todo caería.

Sus brazos no hicieron nada para prevenir que su rostro pegara dolorosamente contra el piso con un sonido nada agradable, y luego todo cayó encima de su cabellera rubia, la hamburguesa, las papas, y el licuado. La esquina de la bandeja pegó contra el vaso con justo la intensidad necesaria como para zafar la tapadera y el licuado se derramó por doquier. Se escuchó un vitoreo general y carcajadas de nuestro grupo mientras empapaba la cabeza de la chica.

Justo estábamos discutiendo ese evento, y yo tomaba un gran sorbo de mi licuado de banano con leche, cuando de repente se abrió la puerta de un golpe y entraron tres personas, dos hombres y una mujer, todos con uniforme policial. Bueno, no exactamente uniforme policial pero bastante parecido. Se dirigieron hacia nuestra mesa y el más alto y corpulento de ellos – les juro que medía más de dos metros y pesaba como 150 kilos – se me quedó viendo. Fue en ese momento que me di cuenta de que no era exactamente un uniforme policial. Las chaquetas parecían auténticas, aunque no tenía idea que significaban las siglas DPT en la insignia sobre el pecho del lado izquierdo de la chaqueta. Ahora ya lo sé. Cada «oficial» llevaba un bastón colapsable colgando del cinturón, junto con las esposas.

Fueron los pantalones lo que me dejó saber que no eran policías verdaderos. Todos llevaban puestos jeans, los que hasta donde yo sé, no son parte del uniforme estándar de un oficial de la ley. Tampoco los tenis Kobe Aston Martin, aún si hubieran sido los baratos que cuestan £338. Estos definitivamente no eran los baratos; eran los Hyperdunk, que cuestan £770. Dios mío, si ellos fueran policías reales, con razón tienen tantos problemas con el presupuesto. ¿Cómo podrían pagar unos zapatos tan caros?

Alcé la vista para verle el rostro. —Buenas noches, ocifal. —Pensé que tal vez el humor haría que la cara de granito se suavizara con una sonrisa—. No estoy tomado, es que a veces se me confunden las 'c' y las 'f'. Aunque no es tanto problema como el de mi amigo, Ynot. Bueno, su nombre realmente es Tony, pero es disléxico. —No, el granito no se suavizó.

Pero sí habló. —¿Es usted Tyler Conway?—. La voz era igual de fuerte como el rostro, sonando como un trueno en el restaurante. Todo mundo se calló y volteó la cabeza para ver qué pasaba.

Nerviosamente tragué saliva. Esto tenía que ser una broma, ¿cierto? Digo, ellos no eran oficiales verdaderos. —¿Están ustedes detrás de esto? —les pregunté a mis amigos, pero pude ver por sus expresiones que no era así. Igual, tenía que ser una broma.

—¿Es usted Tyler Conway? —preguntó Granito nuevamente, cada palabra enunciada claramente con una pausa notable entre cada una.

Sí, de plano era una broma. —Sí, ese soy yo. Acertó a la primera, ocifal. Ya me encontró. —Levanté mis manos, sosteniéndolas enfrente de mí en el clásico gesto de entrega. —Póngame las esposas.

Todo sucedió tan rápido que terminó antes de que me diera cuenta lo que pasaba. Granito agarró mi mano izquierda, jalándome para que me parara y girándome hacia la otra mesa. El otro oficial agarró mi cabeza y la pegó contra la mesa mientras que su compañera tomó mi mano derecha y la puso detrás de mi cintura. Y allí fue donde escuché el sonido que mencioné anteriormente: la esposa cerrándose sobre mi muñeca. Granito forzó mi otra mano detrás de mi cintura para hacer lo mismo, y dentro de un par de segundos me levantaron del pelo. Jalé contra las esposas, pero estas no cedieron, asegurando mi calidad de prisionero indefenso.

Hasta ese punto mis amigos estaban riéndose de mí. Ellos probablemente pensaban, al igual que yo, que todo era una broma. Pero después de que mi cabeza pegó contra la mesa de al lado, se quedaron en completo silencio.

—Tyler Conway —dijo la mujer policía—. Está bajo arresto por acoso, tormento, y provocación de personas en Twitter. De aquí en adelante ya no tiene derechos en lo absoluto, ni en el mundo real ni en el mundo cibernético, ¿entiende?

Bueno, yo definitivamente no entendía, y juzgando por los rostros sorprendidos de todos los demás en el restaurante, ellos tampoco.

—¿Qué? No, por supuesto que no entiendo. ¿De qué trata todo esto? ¿Qué sucede?

Escuché un susurro de una mesa cercana: —¿Un acosador en Twitter? Que desgraciado.

La oficial habló de nuevo. —Tyler Conway, es mi deber llevarlo a un lugar donde será detenido hasta que pueda ser juzgado y recibir un veredicto acerca de sus supuestos crímenes contra usuarios inocentes de Twitter.

Esto ya se estaba pasando de la mano. Medio esperaba que me empezara a decir que derechos tenía, así como en los programas de televisión. Ah, no, ¿qué fue lo que dijo? Que no tenía derechos, ni en el mundo real ni en el cibernético.

¿Qué? ¿Ni siquiera «lo que quiera tuitear será escrito en 280 caracteres y puede ser usado en su contra»?

No, supongo que no.

Ella se dio la vuelta y empezó a caminar hacia la puerta.

—Tráiganlo.

Empecé a decir que quería mi sudadera con capucha que estaba sobre el respaldo de mi silla, pero luego me acordé del contenido probablemente ilegal en dos de los bolsillos. Mejor dejarla allí y que mis amigos se la llevaran.

Granito me agarró el codo derecho y el otro oficial mi codo izquierdo y me condujeron hacia afuera del restaurante, siguiendo a su compañera. Mientras caminaba hacia la salida vi las expresiones horrorizadas de los demás comensales mientras me observaban, pero no sabía si estaban horrorizados por lo que me estaba pasando o por lo que estos «oficiales» me acusaban de haber hecho.

Segundos después estábamos en el estacionamiento. Una camioneta blanca estaba parada a unos metros de la puerta, y se podía ver un logo muy distintivo pintado sobre el costado, no solo una vez, sino que una fila entera de pajaritos azules adornaba el vehículo. Arriba de ellos DPT estaba escrito con enormes letras azules. Casi ni tuve tiempo de darme cuenta antes de que me arrastraran hacia las puertas traseras. Granito insertó la llave y las abrió.

Automáticamente se encendió una luz, iluminando el interior blanco, vacío a excepción de un asiento de metal a lo largo del lado izquierdo. La mujer se dirigió hacia el frente de la camioneta, dejándome solo con Granito y el otro tipo, a quién no había escuchado hablar hasta ese momento. Me empujaron para que entrara y vi tres cadenas cortas unidas a un aro de metal incrustado en el asiento, y una cadena más larga unida a un aro en el piso.

El oficial silencioso al fin habló. —Ven acá, Conway, y siéntese—. Me guio al asiento y me forzó a sentarme, tratándome de una manera nada amable, debo enfatizar, antes de sacar dos candados de una bolsita que colgaba de su cinturón. Sentí como el metal de las esposas presionaba más sobre mi piel cuando me aseguró a la cadena detrás de mí.

Estaba demasiado sorprendido como para hablar, y antes de que yo pudiera reaccionar él se agachó, les dio dos vueltas a mis tobillos con la cadena en el piso de la camioneta, y usó el otro candado para asegurarla al anillo que ahora estaba entre mis pies. No podía moverme más que un par de centímetros.

La sonrisa en los rostros de ambos mientras salían de la camioneta hicieron que se me helara la sangre en las venas, pero tal vez lo más preocupante fueron las palabras que profirió Granito antes de cerrar la puerta: —Espero que haya ido al baño cuando estuvo en el restaurante. Va a pasar un buen rato encadenado allí, y no hay paradas para ir al baño una vez iniciemos el camino.

Salieron de la camioneta y cerraron las puertas. Inmediatamente quedé sumido en una oscuridad absoluta, y unos segundos después escuché que echaron llave.

Luego escuche que se abrió y cerró otra puerta, seguramente cuando Granito y Hombre de pocas palabras subieron a la cabina junto con la mujer. Entonces se encendió el motor y sentí como la camioneta se empezó a mover.

Jalé con todas mis fuerzas para zafarme de mis grilletes. No solo estaban mis manos aseguradas detrás de mi espalda con las esposas, ahora estaban encadenadas al asiento también. Igualmente, mis pies estaban encadenados y fijados al piso con esa cadena.

Sentí la vibración a través del metal cuando la camioneta

aumentó de velocidad mientras estaba sentado, totalmente indefenso, esperando que mis ojos se ajustaran a la oscuridad. «Tardará un rato para que mis ojos se acostumbren a la oscuridad», pensé. De hecho, nunca sucedió. No entraba ni un rayito de luz de ninguna parte. El interior de la camioneta de la DPT estaba en total y completa oscuridad. Nunca había experimentado algo así, y decir que fue una experiencia incómoda y aterradora es decir poco. Por primera vez en mi vida no estaba en control. No solo eso, alguien más tenía control y poder total sobre mí. No sabía quiénes eran, ni por qué me hacían esto. No era posible que me trataran así solo porque molesté a unas personas en Twitter. Al estar sentado allí sin poder hacer absolutamente nada más que pensar, no sabía si mis pensamientos estaban volviéndose más racionales o irracionales.

«Tal vez pueda salir de esto si me hago el ignorante», pensé. Después de todo, ¿cómo podrían saber que soy alguien que se deleita en atormentar a las personas en Twitter? Mi cuenta personal, TylerBConway747 con el nombre de usuario @SuperTyler era inocuo. Todo el acoso, atosigamiento, troleo, y demás lo hacía bajo mi seudónimo de SrMalO. Escondido por el anonimato, estaba completamente a salvo de ser detectado y podía causar cuanto tormento se me antojaba. Cómo me encantaba pensar en lo que sentían esos pobres torpes cada vez que @lamaldadreina aparecía en sus menciones.

Al mismo tiempo, pensaba que el hecho que me trataran así era como tratar de abrir una nuez con un mazo. Está bien, tal vez haya molestado a unas cuantas (¿unos cuántas? Léase «muchas») personas en Twitter, pero no era razón para que me encadenaran como un animal. ¿Realmente merecía este trato?

No tenía idea de cuánto tiempo estuve sentado. La forzada falta de movimiento causó que mis músculos gritaran silenciosa pero urgentemente. «¡Muévete!» me gritaban. «Muévete. Nos estamos acalambrando». Sí, está bien, quisiera poder moverme, pero habían pasado varias horas desde que me engrilletaron y aseguraron mis manos a la banca y mis pies al piso, y no había nada en el mundo que yo podía hacer al respecto.

Un momento, ¿qué pasa? La camioneta se detuvo. Intenté escuchar cuidadosamente y oí que las puertas delanteras se abrieron y cerraron, causando que la camioneta se meciera un poco. El siguiente sonido fue que quitaron llave de la puerta trasera y de repente un haz de luz iluminó la oscuridad. Tuve que cerrar mis ojos para combatir la dolorosa claridad. A penas pude ver a Granito y Hombre de pocas palabras a contraluz parados afuera de la camioneta. Luego escuché más que vi que entraron a mi prisión. Sentí como quitaban los candados que me aseguraban al asiento y al piso. Mis pies ya estaban libres de sus cadenas, pero mis manos permanecían esposadas detrás de mi espalda. Sin palabra alguna este dúo poco dinámico hizo que me pusiera de pie, mis músculos gritando en protesta por ser activados después de tantas horas de cautividad.

Granito agarró mi brazo derecho con fuerza y no sin causarme dolor, y su compañero me agarró el brazo izquierdo. Me sacaron de la camioneta y quedé parado frente a la mujer policía, quien parecía ser la que estaba a cargo de todo.

El vehículo estaba estacionado a unos metros de un edificio de aspecto gótico. La estructura imponente de dos pisos hecha de piedra se alzaba delante de mí y tenía torres semicirculares en cada esquina, unidas por una secuencia de almenas. Las puertas dobles eran enormes y no se habrían visto mal en la entrada de un castillo medieval, y a cada lado había dos grandes ventanas oscuras. Justo arriba de las puertas se podía ver una tira que abarcaba lo largo del edificio con un pájaro azul de Twitter en cada extremo junto con las palabras Departamento Policial de Twitter escritas con enormes letras ornamentales.

Ajá. Ya entendí. DPT.

Ahora otro misterio. Estaba anocheciendo cuando me

metieron en la camioneta, y aunque estuve allí durante varias horas, no parecía haber pasado suficiente tiempo para que fuera el día siguiente. Sin embargo, allí estaba, parado a la luz del día y el sol alto en el firmamento. No podíamos estar en Inglaterra, de eso estaba seguro. Por el calor que hacía, podríamos estar en el Valle de la Muerte. El panorama a mi alrededor tampoco abogaba para que eso no fuera cierto. El paisaje montañoso estaba completamente desierto. El suelo alrededor de mí era un páramo rocoso y desolado. ¡Ni siquiera una calle ni carretera! Pero yo no sentí que el vehículo tambaleara cuando llegamos a este destino. Parecía que el edificio pudo haber salido íntegro de las montañas a su alrededor. Los bloques de piedra disparejos parecían tener exactamente la misma textura y color. Si la montaña realmente parió el edificio, era la madre de un hijo único. No había otra construcción a la vista.

—Bien —dijo ella—. Entremos. Ya hay que terminar con esto. Nos necesitan en el campo de nuevo.

Mis «ayudantes» me guiaron por la escalera y a través de las gigantescas puertas de roble hacia un recibidor con una bóveda alta. Digo recibidor, pero no hay nadie allí esperando solo fila tras fila de sillas con cojines de cuero rojo, todas vacías, al menos 50 de ellas. En el extremo opuesto del salón, otra mujer oficial estaba sentada detrás de un escritorio en el área de recepción. Arriba del escritorio colgaba un letrero que decía «Sala de Custodio del Departamento Policial de Twitter». Mientras me conducían hacia ella, pude ver cómo una sonrisa crecía tanto en sus labios rojos como en sus ojos color café oscuro, pero había algo inquietante en su expresión, casi malévolo. Era como si ella estaba disfrutando el momento, anticipando algo que seguramente ella disfrutaría aunque yo de plano no.

Me miró a los ojos cuando me paré enfrente de ella, y luego miró hacia la pantalla de computadora incrustada en el mueble de recepción. No pude evitar admirar el brillo de su pelo, el cual era el tono exacto de sus ojos seductores, y el embriagante olor combinado de su perfume y champú.

—Tyler Conway. —Su dulce voz casi ronroneó mi nombre. Esta era una mujer por quien valía la pena morir.

Cuando todo esto termine, voy a regresar solo para pedirle que saliera conmigo en una cita. Me preguntaba cuál sería su usuario en Twitter. Miré hacia su pecho izquierdo, donde una plaquita con su nombre estaba estratégicamente localizada, la cual la identificaba como la Sargento de Custodia Aimee Crystal.

—¿Tyler Conway? —Su voz seductora ronroneó nuevamente, pero esta vez la inflexión de su voz indicó que era una pregunta y no una aseveración.

Moví mi cabeza de arriba hacia abajo con entusiasmo. —Sí, soy yo, Aimee. Gusto en verte.

Ella miró hacia Granito y Hombre de pocas palabras, quienes todavía me tenían agarrado fuertemente de los brazos. —Está bien, tráiganlo. —Ella movió su mano debajo del escritorio, al parecer para presionar un botón, y escuché el zumbido de un cerrojo magnético abriéndose. La puerta al lado del mueble de recepción se movió un centímetro. Granito la empujó para abrirla y jaló de mi brazo, indicando que debería entrar. Una vez pasé y entré a su pequeño espacio, ella giró en su silla para verme de frente.

—Pertenencias. —Granito interpretó esa única palabra como una orden y me empezó a inspeccionar, pausando para remover mi billetera y llaves de los bolsillos traseros de mis jeans y mi teléfono del bolsillo de mi camisa. No quería ni pensar en qué hubiera pasado al encontrar mi navaja y la bolsita de polvo blanco que estaban escondidos en mi sudadera. Esperaba que mis amigos la estuvieran cuidando con sus vidas.

Luego Granito pasó sus manos sobre mi cintura. —Oye —exclamé—. ¿Qué...?

—Cierra la boca.

Listo. Me relajé... bueno relajé lo más que pude considerando todo lo sucedido, dándome cuenta de que solamente quería quitarme el cinturón.

Aimee puso mi billetera, llaves, teléfono y cinturón en un contendor plástico. —Gracias —le dijo a Granito y a Hombre de pocas palabras. —Yo me hago cargo de aquí en adelante.

Después de que ellos salieron al salón grande ella presionó dos botones más, uno para cerrar la puerta de nuevo y el otro para bajar una persiana de metal, separando su oficina del resto del salón. Estábamos a solas.

Intenté ser rudo de nuevo. —Bueno, ya tiene mi cinturón, teléfono, billetera, y llaves. ¿Qué más quiere de mí?

Si ella vio que le guiñé el ojo, lo ignoró por completo y me observó con una sonrisa que solamente la puedo describir como una expresión de malicia, travesura, y satisfacción, todo en una. Aunque su rostro se iluminó con esa sonrisa, era para su bien y no el mío.

—Ahora que lo pregunta, necesito sus zapatos y calcetines también. Quíteselos.

—¿Qué?

—Ya me escuchó. Zapatos y calcetines, quíteselos ahora.

—¿Por qué?

—Donde va a ir no los va a necesitar. —Su voz se tornó dura—. Quíteselos ya.

Me di la vuelta para mostrarle que mis manos seguían esposadas detrás de mi espalda y sacudí la cadena para enfatizarlo. —Puede ser un poco difícil, dada mi condición actual —contesté. Cuando me di la vuelta de nuevo para volverla a ver, su movimiento fue tan rápido que no lo vi venir. No sé si fue su puño o su palma, pero la fuerza con que me pegó me aventó contra la pared.

—No se lo voy a decir de nuevo, Conway. Quíteselos. Ahora.

Mi cara ardía con furia pero logré zafarme los tenis, usando los dedos del pie opuesto para empujar los zapatos. Luego me puse de cuclillas para jalarme los calcetines.

—¿Ve? Eso no fue tan difícil —comentó mientras se agachó para recogerlos y depositarlos en el mismo contenedor plástico con mis otras pertenencias antes de guardar todo en un casillero detrás de ella.

Lo que luego sucedió fue que la seguí por una puerta en la parte trasera de su oficina y bajamos una larga y fría escalera hecha de piedra rústica. Al final de la escalera se encontraba un corredor angosto que se extendía con una pronunciada inclinación hacia abajo.

El piso estaba hecho del mismo material que las paredes y el techo. De haber llevado puestos mis tenis no me hubiera dado cuenta de la transición de la cerámica lisa de su oficina a la piedra, pero sin zapatos cada paso que daba ponía la vulnerable piel de mis pies en contacto con la superficie áspera de la piedra. A menudo sentía punzadas en los pies a causa de las piedras, causando que me trastabillara. Como no podía usar mis brazos y manos para mantener el equilibrio, terminé rozando mi cara y brazos contra las paredes que eran igual de ásperas que el piso. Pensé que confiscar mis zapatos antes de que me llevaran por ese túnel fue una acción premeditada para que la experiencia fuera la más incómoda y poco placentera posible.

Eventualmente llegamos frente a la puerta de hierro de por lo menos 20 centímetros de grosor donde Aimee y yo nos separamos.

Y ahora aquí estoy, iniciando mi segunda hora de encarcelamiento en esta celda incómoda y diminuta.

—¿Cuándo se van a dar cuenta de que tienen a la persona equivocada? —grité—. ¡Déjenme salir ahora mismo! Si no me liberan los voy a demandar. —Me di cuenta de lo patético que se escuchó y sacudí la cadena de las esposas con furia. Era el único acto de rebelión que podía hacer ante mi actual situación de incapacidad e impotencia.

Otra vez considero por medio segundo la opción de patear la puerta, pero me detiene el hecho de que es obvio que 20 centímetros de hierro les ganarían a mis pies en una batalla. Realmente no puedo hacer nada aquí, y esa sensación no me gusta en lo mínimo.

De repente escucho algo que me deja sorprendido. Definitivamente no esperaba oír la suave voz de una mujer diciendo mi nombre. ¡Viene del reloj! Sí mencioné el reloj, ¿cierto? Es de aproximadamente treinta centímetros cuadrados, y aunque muestra la hora con dos manecillas en forma análoga, la cara se ve como si los números fueran digitales. Y escuché la voz de nuevo. Sí, sin lugar a duda, viene del reloj.

—Tyler Conway. —Además de transmitir la voz hacia la celda, el reloj también hacía algo chistoso. No, no que estuviera repitiendo los chistes de un comediante o mostrando escenas de comedias. Eso sería chistoso para reírse, y esto no era para nada reírse.

Aparecieron líneas sobre la cara del reloj, como si se hubiera roto un espejo, ocultando las manecillas y los números. Cuando las líneas empezaron a desaparecer nuevamente, pude ver un rostro que emergió detrás de ellas.

Oh. Dios. Mio. Empecé a temblar.

Lo que vi en la pantalla digital me hiela hasta el alma y me dice que todo esto es en serio. Mi estómago se hace un nudo y me doy cuenta de que fingir ignorancia acerca de mis tuits de SrMalO no iba a funcionar.

Detrás de las líneas en la pantalla digital se ve un rostro pálido, algo demacrado, con forma de corazón. La nariz es chata (pero linda, a decir la verdad), pero los ojos. ¡Oh, Dios mío, los ojos! Fue los ojos en la imagen editada con Photoshop que me llamó la atención en primer lugar durante una de mis sesiones normales de troleo en Twitter. Los ojos los habían reemplazado por dos corazones negros. Recuerdo que en ese momento me pregunté qué tenía la persona que le gustaban tanto los corazones, especialmente los negros.

Sí, había visto este rostro muchas veces, pero solamente cuando usaba mi cuenta de SrMalO @lamaldadreina. Era la foto de perfil de Annie Galway, y recordaba a la perfección el último tuit que le mandé, precisamente el día anterior. «@Anngalo1 ¿Por qué no te cuelgas de un árbol, gorda estúpida? O mejor no. La cuerda no aguantaría tu peso».

Se desvanecieron todas menos cuatro de las líneas negras. Estas últimas continúan presentes como cicatrices en la pantalla, creando un patrón más o menos en forma de rombo. La foto de perfil de Annie se vuelve más clara y grande. Los hoyos negros y profundos donde deberían estar los ojos me observan de manera penetrante, y lo negro de sus labios acentúa su firmeza un poco más. Me muevo del centro de la celda para presionar mi espalda contra la pared, y los hoyos de sus ojos me siguen. No como en las pinturas donde solamente los ojos parecen seguir a las personas. En este caso, la inteligencia detrás de esos hoyos me mira fijamente, helándome mil veces más de lo que pudo haber hecho mi congelada prisión de piedra.

¿Ahora qué sucede? No solamente el rostro, sino todo el cuadrado detrás de él salió por las líneas negras, dejando atrás el reloj y entrando a la realidad física de mi celda. Por un segundo se quedó levitando cerca del techo antes de flotar hacia mí, los hoyos negros al mismo nivel que mis ojos.

Los labios negros se separan y dicen mi nombre otra vez. Es la misma voz suave que escuché anteriormente.

Dios mío, la foto de perfil de Annie Galway me estaba hablando.

—Tyler Conway, se le ha traído aquí para que pague por sus crímenes de acoso cibernético. Hoy enfrentará las consecuencias de su acoso, hostigamiento, tormento y troleo de usuarios inocentes de Twitter.

Por primera vez me quedé sin palabras. Usualmente puedo esconderme detrás del anonimato, usando mi nombre de SrMalO y mi foto de calavera y huesos cruzados. Pero el valor que normalmente me infunde usarlas se desvanece mientras miro hacia esos oscuros y devastadores hoyos. ¿Cómo podría sentirme más pequeño y vulnerable que hace unos momentos? No sé cómo es posible, pero no puedo negar que así es.

¡Qué! No es posible que me pueda leer los pensamientos, ¿o sí? No. Tenía que ser una coincidencia. Pero sus palabras parecían venir directamente de mi cerebro: —Tyler Conway, se siente muy vulnerable en este momento. Es un prisionero indefenso, encerrado en una diminuta celda. Sus manos están aseguradas detrás de su espalda para enfatizar su cautiverio. Está descalzo, golpeado, lastimado, y ensangrentado. Alguien más está en control, y usted no puede hacer nada para detenerlo. No tiene el poder para hacer absolutamente nada. Ni siquiera sabe qué sucederá en el siguiente instante. Siente que su esencia como humano ha sido violada por completo.

Sip, eso lo describe perfectamente.

—Tyler Conway, lo que siente ahora es lo que su acoso y hostigamiento le causa a otras personas. A mí. Sus tuits como SrMalO @lamaldadreina les causan sufrimiento a las personas. Se sienten indefensos, sin poder, violados, lastimados. Usted arruina sus vidas, Tyler Conway, de la misma manera que arruinó la mía. Su último tuit terminó con mi vida. No aguanté su acoso y tormento continuo, e hice exactamente lo que me dijo que hiciera. Me colgué, pero la cuerda sí me aguantó.

Su foto de perfil, flotando apenas unos centímetros enfrente de mi cara, se inclina hacia arriba, mirando al techo. Yo también alzo la vista. Mi último tuit ahora aparece en la cara del reloj.

Siiiii, yo dije eso. ¿Por qué no? Tal vez en esta celda estaré indefenso y vulnerable, pero supongo que atacar es la mejor defensa que tengo. —Entonces murió la estúpida. ¿Cómo es mi culpa? —pregunté—. Es mi cuenta de Twitter. Puedo comentar lo que se me dé la gana acerca de lo que se me antoje. Me alegra que estés muerta, tarada.

La foto de perfil no se inmuta mientras que varios de mis otros tuits aparecen en la pantalla del reloj: «Eres una gorda apestosa. Nunca tendrás un novio. Nadie nunca te querrá», «Eres un trozo inservible de carne, lleno de gusanos».

Leo la primera media docena de comentarios y luego miro hacia otro lado.

—¿Y? Es mí cuenta de Twitter, sigo mis reglas. Me bloqueaste hace siglos. ¿Cómo sabes acerca de estos tuits, a menos que me estés troleando o acosando?

Su única respuesta fue susurrar una y otra vez: —Culpable. Culpable.

Las líneas negras cubrieron una vez más la cara del reloj antes de que otra foto de perfil saliera y flotara hacia mí. Ah, esto va a ser bueno. Es el inútil que ahora lidera lo que antes fue mi programa de televisión favorito.

Esta vez además de mostrar mis tuits en el reloj, su foto de perfil las narra también. Supongo que lo hizo para asegurarse de que yo entendiera el punto. Bueno, eso tiene sentido, ya que él nunca puede llegar al punto en su programa. Algunas de mis mejores frases son: «Pedazo de mierda incompetente», «Imbécil patético e inservible», «Vas a morir, y tus hijos también».

Todo esto narrado con su débil y petulante voz, acompañado del susurro incesante de Annie Galway diciendo —Culpable. Culpable.

La cara del reloj se llena de líneas negras de nuevo cuando llegó al final de su turno. Se unió a Annie, ambos susurrando al unísono —Culpable. Culpable.

Oh, Dios, ¿ahora quién va a salir del reloj? Ya vi. Esa nariz es inconfundible. Es la zorrita del colegio. Ella también narra los tuits que le mandé mientras aparecen en el reloj. Los recuerdo muy bien: «¡Esa nariz! Es una masa sin forma», «Te verías mejor si te lavaras la cara con ácido».

Y el coro de susurros continúa en el fondo. —Culpable. Culpable.

Ella termina y su foto de perfil se une al de Annie y el imbécil en una esquina de la celda. Tres voces repiten lo mismo. —Culpable. Culpable.

Harriet Bloomfield los sigue. «Tonta engreída». «No puedes dejar de ir detrás de los chicos, ¿verdad?»

Muchos tuits más, muchas fotos de perfil más.

No tengo idea cuánto tiempo tardó todo, pero ya hay alrededor de 30 fotos de perfil dentro de la celda. De los tuits más sobresalientes puedo recordar estos: «Tengo fotos de tus hijos», «Dentro de poco publico tu número de teléfono privado», «Eres un pedófilo», «¿Realmente haces eso con tu hija?», «Tu hijo no es autístico, es un tarado».

Y durante todo siguió el susurro continuo en el fondo. A decir la verdad, era casi hipnótico. —Culpable. Culpable. —Nunca cambió de tono, ni volumen, ni modulación. En una mala novela de terror, las voces irían aumentando de volumen hasta llegar a un crescendo, y por tener mis manos esposadas, no podría taparme los oídos para no escucharlos. El sonido penetraría mis tímpanos y entraría a mi mente, lanzándome hacia el abismo de la locura. No, aquí no sucedió nada así. Se mantuvo incesante, sin cambiar. —Culpable. Culpable.

¿Qué? Ay, no. Debí suponer que ese chiflado santurrón metería su cuchara en el asunto. Simplemente no nos puede dejar en paz, sin importar cuántas veces lo hemos amenazado. Observo sin poder hacer nada mientras que su foto de perfil sale del reloj. He visto suficientes fotos durante las últimas horas como para saber el momento exacto en que los ojos cobrarán vida.

La cara arrugada de Carruthers, enmarcada por su ralo pelo gris y barba de chivo del mismo tono, flota hacia mí. Cuando llega al nivel de mis ojos, los ojos color café oscuro que miran a través de sus lentes de repente empiezan a brillar.

¿Qué fue lo que dije anteriormente acerca de la mejor manera de defenderme? Pues allí voy de nuevo.

—No voy a escuchar una sola palabra de lo que pueda decir. Esto es lo que pienso de ti y toda tu interferencia. —Con eso lancé un gran escupitajo directamente hacia él, observando con satisfacción mientras lentamente se desliza sobre su ciber nariz y su ciber boca. No sé si él o su foto de perfil se dan cuenta de mi acción desafiante ya que no cambia ni su expresión ni su calmada, callada y mesurada voz.

—Estoy asociado con varios grupos internacionales que combaten el acoso en línea —dijo Carruthers—. Muchos de ellos han observado la cuenta anónima de Tyler Conway, SrMalO, durante el último año. Él y un pequeño grupo de seguidores son conocidos por realizar ataques cibernéticos maliciosos, troleo constante y acoso.

»Cuando un activista en contra del acoso en línea interviene a favor de las víctimas, ellos también son atacados por un torrente de amenazas y abuso organizado. En un intento de desacreditar a cualquiera que se opone a sus actividades, Conway y sus acólitos a menudo publican viles mentiras, instigando a sus seguidores a que bloqueen los activistas anti-acoso. Muchas personas crédulas e inocentes se tragan las mentiras en lugar de buscar la verdad por ellos mismos.

»Cuando al fin se dieron cuenta de la escala y ferocidad de

las mentiras maliciosas acerca de la vida personal de un renombrado embajador anti-acoso, Conway mandó este tuit: «Cualquier persona que lo defienda de cualquier manera será bloqueado instantáneamente».

Miré hacia la pantalla del reloj para leer el texto. Luego Carruthers empezó a hablar de nuevo. —Antes de que podamos entender la mente y la psique de un acosador cibernético, primero deberemos entender el código por el que se rigen; su biblia o su himno.

¿Qué les pasa? ¿Tienen algo que decir?
Si, señor, sí, señor, lo diremos por doquier.
Tomamos una mentira de nuestro maestro y la esparcimos
Borrando la verdad con la marea de nuestra labor
Esparciremos mentiras y odio hasta que nuestras víctimas tiemblen
No nos importa si la justicia muere.

»El acoso cibernético es tan potente como el acoso físico y sus consecuencias son igual de aterradoras. El problema es que las personas en Twitter y Facebook se esconden detrás de la anonimidad. Estos bravucones de teclado saben que se necesita de mucha investigación para encontrarlos debajo de las piedras donde se esconden.

»La mayoría del acoso, hostigamiento, tormento, y burla que sucede en línea empieza con las mentiras que dice su líder, sin importar quién consideran que ese líder sea. Puede ser una influencia externa o sus propios demonios interiores que los impulsan a destruir las vidas de personas inocentes.

»La alianza de activistas en contra del acoso cibernético

decidió que Tyler Conway se pasó de la mano cuando su tuit dirigido hacia Annie Galway fue la causa directa de su suicidio.

Carruthers pausó su discurso mientras que mi tuit apareció de nuevo en el reloj. Tengo que reconocer que el imbécil santurrón sabía cómo crear una escena.

«@Anngalo1 ¿Por qué no te cuelgas de un árbol, gorda estúpida? O mejor no. La cuerda no aguantaría tu peso».

De repente a mi alrededor no se escucha nada. El susurro insoportable se detuvo. El único sonido era mi respiración, pero la hostilidad proveniente de los ojos de todas las fotos de perfil es demasiado evidente mientras me observan desde cada rincón de la celda.

Trago en seco. Mi garganta está tan seca como un desierto.

—Tyler Conway. —Siento que hay una nota de finalidad en la manera que la foto de Annie Galway pronuncia mi nombre. —Se ha determinado que es culpable del crimen de acoso y hostigamiento en Twitter. ¿Tiene algo que decir en su defensa antes de que pase la sentencia?

Mi garganta seca no quiere permitir que hable, pero eventualmente puedo decir la mentira. —No era mi intención herir a nadie.

¿Realmente dije eso? Por supuesto que mi intención era herirlos. Pero antes de que pueda seguir con la mentira, escucho que Annie empieza a hablar: —Yo te...

Ese era la razón de que existiera SrMalO, ¿cierto?

Otra palabra solitaria de la foto de Annie: —...condeno...

Mi otra persona, no el que podía reconocer públicamente como Tyler Conway, fue creado explícitamente para eso, para acosar y atormentar a otros usuarios de Twitter solo por diversión, solo porque sí.

Annie: —...a...

Quería molestarlos sin importar cuánto me pidieran que parara. Y cuando las amables y calmadas peticiones para que me detuviera se convertían en suplicas desesperadas, pues era música a mis oídos.

—...la eternidad...

Los ignoraba y aumentaba mis ataques. Y en cuanto a ese santurrón engreído que se creía mejor que los demás, Byron Carruthers, solo me alegro de que lo saqué de Twitter por un tiempo.

—...en...

Las mentiras que dije sobre él fueron brillantes y funcionaron mucho mejor de lo que pude haber imaginado.

—... el infierno...

Todos nos deberíamos unir en contra de él y los demás que son como él: entrometidos y metiches, todos ellos.

—...de Twitter.

Si las personas que atacamos no pueden soportar el calor, deberían salir de la cocina.

¿QUÉ? Me acababa de dar cuenta de que Annie dijo «Te condeno a la eternidad en el infierno de Twitter». ¿Qué diablos quiere decir con eso?

Una foto de perfil se separa de las que me rodean y se dirige hacia mis pies. En cuanto entra en contacto con ellos, mis pies y tobillos se sienten como si los hubieran metido en aceite hirviendo. La piel empieza a derretirse, revelando la carne viva debajo de ella. Se asoma un pedazo de hueso blanco entre la carne.

Un grito rasga el aire; un grito de terror, horror y dolor absoluto mezclado en una sola expresión de tormento. Me doy cuenta de que el grito que lastima mis oídos proviene de mi propia garganta, aumentando de volumen como si el sonido intenso podría aminorar el dolor concentrado que siento.

El dolor absoluto e intenso me asalta. Brinco por la celda, cada paso dejando atrás huellas ensangrentadas en el piso de piedra. El dolor agudo y agonizante y el hecho de que mis manos todavía están sujetas detrás de mi espalda causó que mis movimientos frenéticos accidentalmente rozaran mi codo contra el grupo quieto y callado de fotos de perfil. Instantáneamente mi atención se pasa de mis pies hacia mi brazo, que también se siente como si lo hubieran metido en aceite hirviendo.

Una segunda foto de perfil se separa del resto y se lanza contra mi pecho, tratando de llegar a mi corazón. Mi camisa se desintegra, los pedazos de la tela fusionándose con la masa derretida de tejido que hasta hace unos momentos fue mi torso. Una tercera foto me pega en la ingle. Mis piernas son atacadas por la cuarta, y mi brazo derecho por la quinta. La agonía es intensa, intolerable, e incesante.

Lo último que veo es la foto de Annie acercándose a mi cabeza con las demás detrás de ellas. Mi pelo arde por una fracción de segundo antes de que se enciende en llamas cuando todas las fotos de perfil envuelven mi cabeza.

Escucho un estallido cuando mis ojos explotan. Luego no escucho nada más. Mis tímpanos se han derretido. No hay luz. No hay sonido. No puedo saborear nada. Mi lengua se derritió hace 3 segundos, pero para ser honesto, ni siquiera me di cuenta debido al dolor que consumía el resto de mi cuerpo. No puedo oler nada. Mis receptores de olor tuvieron el mismo destino que mi lengua.

Pero aún puedo sentir algo. No se me ha quitado la habilidad de sentir el dolor punzante, agudo, inmenso, abrasador y despiadado.

Mi cuerpo se ha desvanecido. Lo único que queda del ser humano que una vez fue Tyler Conway – y sí, era humano a pesar de ser un bravucón, acosador, trol, y atormentador vil y malicioso en Twitter – es un avatar etéreo de dolor intenso, agonizante e intolerable que simplemente ya no puedo aguantar.

Me pregunto ¿cuánto durará?

Y luego recuerdo la condena que Annie, mi última víctima, me impuso.

La eternidad.

EL FIN

ACERCA DEL AUTOR

Stewart Bint es un escritor de novelas, de columnas en revistas y de relaciones públicas. Vive con su esposa Sue en Leicestershire en el Reino Unido, y tiene dos hijos adultos, Christopher y Charlotte.

Mientras escribe, su compañero de oficina es su periquito carismático, Alfie, o el gato de su vecino. Pero no los dos al mismo tiempo.

Cuando no está escribiendo, se le puede encontrar caminando descalzo por el bosque.

CONÉCTESE CON STEWART BINT EN LÍNEA

Sitio web:

www.stewartbintauthor.weebly.com

Blog:

www.stewartbintauthor.weebly.com/stewart-bints-blog

Querido lector,

Esperamos que hayas disfrutado leyendo *Tierras de Tormentas*. Tómese un momento para dejar una reseña, incluso si es breve. Tu opinión es importante para nosotros.

Atentamente,

Stewart Bint y el equipo de Next Chapter

Tierras de Tormentas
ISBN: 978-4-82412-000-7

Publicado por
Next Chapter
1-60-20 Minami-Otsuka
170-0005 Toshima-Ku, Tokyo
+818035793528

10 diciembre 2021

www.ingramcontent.com/pod-product-compliance
Lightning Source LLC
LaVergne TN
LVHW091420190726
843491LV00006B/1517

9784824120007